DREAMBOOKS★

신라전설 독룡

ORIENTAL FANTASY STORY & ADVENTURE

시니어 신무협 장편소설

dream
books
드림북스

수라전설 독룡 11 수라의 방식

초판 1쇄 인쇄 2019년 10월 10일
초판 1쇄 발행 2019년 10월 25일

지은이 시니어
발행인 오영배
편집 편집부
일러스트 eunae
본문 디자인 오정인
제작 조하늬

펴낸 곳 (주)삼양출판사 · 드림북스
주소 서울시 강북구 도봉로 173
대표 전화 02-980-2112 **팩스** 02-983-0660
편집부 전화 02-987-9393 **팩스** 02-980-2115
블로그 blog.naver.com/dreambookss
출판등록 1999년 3월 11일 제9-00046호

ⓒ 시니어, 2019

ISBN 979-11-283-9573-4 (04810) / 979-11-283-9448-5 (세트)

드림북스는 (주)삼양출판사의 판타지 · 무협 문학 브랜드입니다.

수라전설 독룡
11
| 수라의 방식 |
시니어 신무협 장편소설
ORIENTAL FANTASY STORY & ADVENTURE
dream books
드림북스

목차

第一章

재회

노인이 내공을 끌어 올리기 시작했다.

"내가 너의 귀찮음을 좀 덜어 주마."

진자강이 거절했다.

"굳이 그러지 않으셔도 됩니다."

"사양하지 마라."

노인의 낡아 빠진 누더기 같은 옷이 팽팽해지면서 찢기고 몸에서 바람이 일었다.

노인은 크게 호흡을 들이쉬었다가 내공을 잔뜩 담아 소리쳤다.

노부가 현교의 광명정사(光明正師) 야율환이다!

우르르릉!

노인 야율환의 사자후에 굴, 아니 감옥 전체가 울리고 흔들렸다.

모르긴 몰라도 귀주 지부 전체가 노인의 목소리를 들었을 터였다.

진자강은 어이가 없어져 야율환을 빤히 쳐다보았다.

"전 사양했습니다만."

야율환이 씨익 웃음을 지었다.

"십 년 만의 출두니라. 이 정도는 하지 않으면 노부의 체면이 서지 않는다."

진자강은 가만히 있다가 고개를 끄덕였다.

광명정사.

현교의 수뇌는 일주육광체(一珠六光體)다.

한 명의 교주와 여섯 명의 종사(宗師).

광명정사라면 현교를 이끄는 수뇌 중의 수뇌라고 할 수 있었다. 현교를 어떻게든 찾아 뿌리를 제거하려는 무림총연맹의 입장에서 보자면 제일 척살 대상이다.

야율환이 자신을 알게 되면 목숨이 위험할 거라고 한 것이 과장이 아니었다. 게다가 야율환은 진자강에게 분명히 경고했다. 마지막 기회를 줄 테니 돌아가라고.

그때부터 이미 이 같은 일을 생각하고 있었으리라.

하나 광명정사라면 충분히 그러고도 남음이 있었다. 그럴 만한 무력을 가지고 있으니 자신이 있기도 할 터였다.

아무래도 현교의 육광체 중 한 명이 귀주 지부의 무사들이 두려워 몰래 빠져나간다는 건 어울리지 않는 일이었다.

하지만⋯⋯.

갑자기 밖의 죄수가 말했다.

"목호. 기도를 드릴 시간입니다."

"벌써 새벽이냐?"

"그렇습니다. 첫 동이 텄습니다. 빛이 새어 들어오는군요."

야율환은 갑자기 누더기 같은 옷의 매무새를 정리하더니 방향을 찾아 무릎을 꿇었다.

"⋯⋯."

진자강이 잠시 할 말을 잃었다가 얘기했다.

"귀찮음을 덜어 주신 게 아니라 제가 노인장의 귀찮음을 대신 해결해야 하는 것 같은데, 제 착각입니까."

"우리 현교는 하루 다섯 번 기도를 한다. 조무래기들을 상대하면서까지 기도 시간을 미룰 수는 없지 않겠느냐. 밖에서 조금 기다리라고 해라."

"기다리라고 기다리겠습니까?"

하지만 야율환은 대답도 않고 벌써 절을 하려는 중이었다.

이유 모를 심통이라도 부리는 것인지 어떤 이유인지 알 수 없었다.

진자강이 말했다.

"제게 빚을 지셨습니다."

흠칫.

야율환이 무슨 소리냐는 듯 진자강을 쳐다보았다.

"강호에서는 그게 도리라더군요."

"빚은 네가 내게 진 것 아니냐?"

"저는 전령으로서 드릴 걸 드렸고 받을 걸 받았습니다. 그렇게 말씀하신 건 노인장이십니다."

밖의 죄수가 소리를 질렀다.

"이놈, 그분이 어떤 분인지 알았으면서도 아직 노인장이라고 부르는 것이냐! 무례하다!"

하지만 야율환은 수긍했다.

"일리가 있다. 나는 허언을 하지 않는 사람이다. 네게 빚을 졌다."

"알겠습니다."

그때 처음으로 야율환이 진자강의 이름을 물었다.

"네 이름은?"

"진자강입니다."

밖의 죄수가 '허어!' 하고 탄성을 냈지만 진자강은 아랑곳하지 않았다. 잠기지도 않은 창살문을 밀고 나왔다.

감방들을 지나치다 보니 아까부터 말을 하며 끼어들던 죄수가 굴 안에 앉아 있는 것이 보였다.

비쩍 마르고 팔다리가 길었다. 얼굴이 길고 턱이 뾰족하여 섬뜩한 외모에 눈이 있어야 할 자리가 뻥 뚫려서 하나가 없어 더욱 인상이 좋지 않았다.

그가 날카로운 외눈으로 진자강을 지켜보고 있었다.

하지만 진자강은 그에게 살짝 고개를 끄덕여 인사를 하고는 무심히 지나갔다.

진자강이 굴을 나간 후, 그가 야율환에게 조용히 물었다.

"목호. 왜 그러셨습니까?"

일부러 소란을 만들고 진자강을 밖으로 내보낸 이유를 묻는 것이다.

야율환은 전혀 웃음기 없이 대답했다.

"오늘이 공식적으로 세상에 옥허구광 오뢰합마공을 선보이는 날이다. 백리중은 이제 내가 나의 족쇄를 풀고 나왔으며 그가 나와 현교의 분노를 감당해야 함을 알게 될 것이다."

"설마…… 저놈이 목호의 뜻을 알고 빚을 졌다는 둥 말한 것입니까?"

"그런 것 같다. 대단한 녀석이야. 머리가 좋고 날까지 예리하게 서 있어서 쉽게 당하지 않을 거다. 이만 기도를 드리자. 기도 시간에 늦겠다."

*   *   *

진자강은 감옥 밖으로 나왔다.

야율환의 말대로 날이 밝고 있었다.

밖에는 이미 수많은 귀주 지부의 무사들이 진을 친 채 기다리고 있었다. 예상했던 대로 팔십 명에 가까운 수였다. 귀주 지부에 남은 무사들이 전부 와 있는 듯했다.

뒤쪽은 절벽과 감옥으로 쓰이는 동굴, 앞쪽은 무사들.

어차피 피할 길이 없었다.

진자강은 가만히 무사들을 둘러보았다. 무사들의 얼굴에는 두려움과 당혹함이 동시에 드러나 있었다.

어떻게 진자강이 삼엄한 경계를 뚫고 들어와 아무렇지 않게 감옥 안에까지 들어가 있었는지 알 수가 없었다.

게다가 현교의 광명정사라니!

귀주의 감옥 안에 그런 거물이 있다는 걸 아는 무사들은 거의 없었다. 당연한 일이다. 백리중이 숨기고 있었을 테니까. 아는 사람은 아마 이곳 책임자 정도일 것이다.

진자강이 무사들을 보며 말했다.

"책임자가 누굽니까?"

금복상인 해막이 앞으로 나왔다.

"나다. 네가 본 지부의 무사들을 살해하고 같잖게 우리를 오살하겠다고 예고한 놈이구나."

"그렇습니다."

"다리를 절며 걷는 걸 보니 네가 독룡이로군. 독룡이 본 지부에 무슨 악감정이 있어 이런 짓을 저질렀느냐."

진자강이 짧게 대답했다.

"귀주 약문."

무사들의 표정은 물론이고 해막의 미간마저도 살짝 찌푸려졌다. 독룡이 약문의 일원임은 어느 정도 알려져 있다. 복수를 위해 온 것이 분명하다.

진자강이 해막에게 말했다.

"금강천검에게 협력하여 현교의 광명정사를 숨기고 있었으니 당신은 금강천검의 사람이 확실하겠습니다."

해막은 대답 대신 인상을 썼다.

"누가 숨겼다는 것이냐. 나는 상부의 지령에 따랐을 뿐이다. 감옥에 죄인이 있는 게 무슨 잘못이 되는지 모르겠군."

"내게 변명할 필요 없습니다."

그러나 해막은 쉽게 넘어가지 않았다.

"귀주 약문이 마교와 손을 잡았다는 건 주지의 사실이지. 그렇다면 네가 찾아온 것이 그 증거가 아니겠는가!"

진자강은 부인도 긍정도 하지 않았다.

"어떻게 생각하든 상관없습니다. 명분을 내세운다고 달라질 것도 없습니다."

"뭐?"

딸깍.

진자강은 내공을 끌어 올리며 탈혼사의 고리를 분리시켰다.

"내 방식은 아닙니다만, 당신들은 오늘 이곳을 살아 나갈 수 없습니다."

"이놈이……!"

"그러니까 뭐라고 생각하든 됐습니다. 사과를 하고 싶다면 그것만 지옥에서 받겠습니다."

진자강이 최고로 내공을 끌어 올리자 오른쪽 눈이 서서히 붉어졌다.

무사들은 섬뜩한 생각이 들어 무기를 곧추세워 들었다.

한데 해막이 갑자기 진자강을 칭찬하며 손뼉을 쳤다.

짝짝짝.

"과연 독룡. 최근 기세가 하늘을 뚫을 것 같다더니, 그 말이 틀리지 않는구나. 하나 네가 모르는 게 있다. 왜 절벽의 동굴에 감옥을 만들었겠느냐."

그 순간, 진자강의 뒤쪽 절벽에서 폭약이 터졌다.

쾅! 콰콰쾅!

쿠구구궁.

바닥이 흔들리고 절벽의 굴들이 무너졌다. 굴을 지탱하고 있던 두꺼운 목재 지보가 무너지고 수백 근이 넘는 돌들이 떨어져 입구를 막았다.

해막이 크게 웃으며 본색을 드러냈다.

"네놈에 대해서는 최고 수준의 수배령이 내려져 있다. 제 발로 찾아와 주어 고맙……."

하지만 그 순간 진자강이 뿌옇게 피어나는 돌가루와 먼지를 뚫고 튀어나왔다.

감옥의 굴이 무너져 광명정사가 생매장될 위기인데도 불구하고 전혀 신경 쓰지 않는 것이다!

"막아라!"

무사들이 다급히 진자강의 앞을 막아섰다. 진자강은 세 개의 둑을 내공으로 가득 채워 몸을 날렸다.

진자강의 양손이 펼쳐진 순간, 무사의 목이 날아갔다. 진자강이 양손 손목에 찬 고리 사이에 눈에 잘 보이지 않는 거무튀튀한 색의 실이 이어져 있었다.

"탈혼사다!"

무사들이 깜짝 놀라 몸을 움츠렸다.

진자강은 탈혼사를 다루는 데에 익숙해져서 수법이 훨씬 정교해졌다. 탈혼사를 자유롭게 늘렸다가 당겼다. 탈혼사가 눈에 잘 보이지도 않기 때문에 무사들이 막기에는 쉽지 않았다.

진자강이 바닥을 굴러서 무사들의 사이를 지나간 뒤, 오른손을 힘껏 치켜들었다. 막 돌아서서 지나친 진자강을 칼로 치려던 무사들의 무릎과 어깨가 그대로 절단되었다. 심지어는 칼마저 함께 동강 났다.

"으아아악!"

앞쪽 무사가 온 힘을 다해 칼을 내려쳤다.

진자강은 양손을 뻗어 탈혼사를 팽팽하게 당겼다가 손을 교차하며 옆으로 몸을 틀었다. 무사의 팔이 세 동강 나며 허공을 날았다. 예리하게 잘린 팔은 바닥에서도 살아 있는 것처럼 펄떡거렸다.

뒤늦게 팔에서부터 피가 뿜어져 진자강에게 쏟아졌다.

"크아악!"

팔이 잘린 무사가 팔을 붙들고 비명을 질렀다. 진자강이 무사의 뒤로 돌아가며 팔을 위쪽으로 들었다가 당겼다. 무사의 입에 탈혼사가 걸렸다.

스윽!

아래턱만 남긴 채 위턱에서부터 위쪽 머리가 고스란히 잘려 나갔다. 머리가 잘린 무사가 휘청거리다가 쓰러져 죽었다.

무사들은 기가 질려 주춤거리고 물러섰다.

"잔악하구나!"

해막이 소리를 질렀다.

"같은 편이 생매장됐는데도 네놈은 아무렇지 않은 거냐!"

"다행히도 같은 편이 아니라 그저 단순한 채권자와 채무자의 관계입니다."

진자강은 그사이에도 두 명의 무사를 더 토막 냈다. 탈혼사에 독을 묻힐 필요도 없었다. 일반 무사를 상대로는 진자강도 두 수 이상을 넘기지 않았다.

창을 쥔 무사가 진자강의 요혈을 창으로 찔러 대며 공격했다. 진자강은 창날을 피해 무사의 옆으로 돌았다. 진자강이 무사와 등을 맞대고 기댄 자세가 되었다.

무사는 팔을 뻗은 채로 몸이 굳었다. 일부러 그런 것이 아니라 온몸이 탈혼사에 감겨 움직일 수 없게 된 때문이다.

이를 지켜보던 무사들은 온몸에 소름이 돋았다. 그 뒤에 무슨 일이 벌어질지 알았기 때문이었다.

탈혼사에 전신이 감긴 창든 무사가 사정했다.

"그, 그만……."

진자강은 아직 탈혼사를 당기지 않았다. 대신 등을 맞댄 채로 물었다.

"귀주 약문을 몰살시킨 사건을 기억합니까?"

무사가 침을 삼키면서 떨며 대답했다.

"아, 압니다. 하지만 벌써 시, 십 년은 된 얘기고 우리는 그냥 명령에 따라……."

"소소라는 아이를 압니까?"

"모, 모릅니다…… 사, 살려 주십시오. 저는 그냥 일개 무사입니다."

"당신들이 명령에 따라 그 아이의 혀를 뽑았기 때문에, 그 아이는 평생 살려 달라는 말도 못 하고 살게 되었습니다."

무사는 진자강이 풍기는 진득한 살기를 느꼈다.

"제, 제발!"

"지옥으로나 꺼지십시오."

진자강이 이를 악물고 탈혼사를 천천히 당겼다.

투투투툭!

탈혼사가 힘줄과 뼈를 끊으며 무사의 전신을 통과하면서 끔찍한 소리를 냈다.

탈혼사가 무사의 몸을 완전히 통과해 빠져나왔다.

무사는 눈이 튀어나오고 입을 벌린 채로 서 있었다.

몸에 여러 개의 혈선이 그어졌다. 혈선마다 피가 배어 나왔다. 아직 온기가 사라지지 않은 몸뚱이의 조각들이 미끄러지면서 바닥으로 떨어졌다.

무사들의 얼굴이 경악에 잠겼다.

그때 진자강은 이미 다른 무사를 목표로 삼아 걸어가고 있었다. 무사들이 주춤거리며 뒤로 물러났다.

해막이 진자강의 앞을 막아섰다. 해막의 인상이 크게 구겨졌다.

진자강의 살해 방법은 묘하게도 끔찍했다. 날붙이를 다루는 입장에서 팔다리 하나 잘려 나가는 것은 사실 대수로운 일이 아님에도 불구하고, 진자강의 수법은 유독 잔혹해 보였다.

그것은 진자강이 손에 감정을 담고 있기 때문이다.

대부분의 고수들은 하수를 죽일 때 인간 취급을 하지 않는다. 그냥 닥치는 대로 죽인다. 귀찮으니까 자신이 가장 편한 방법을 써서 죽인다. 재미 삼아 죽이기도 한다.

그런데 진자강은 그렇지 않다.

한 명 한 명을 죽일 때마다 일일이 감정을 담아 죽이고 있다. 마치 그 한 명이 평생의 숙적이기라도 한 듯, 상대가 천인공노(天人共怒)할 악적이기라도 한 것처럼!

그래서 공포감이 느껴진다.

당하는 입장에서는 억울하기까지 하다.

내가 뭘 얼마나 크게 잘못했다고 이런 취급을 받으며 죽어야 해!

사람 대 사람으로서 자신이 분노의 대상이 된다는 것이 얼마나 공포스러운 일인가. 그것이 심지어 자신은 명령에 따라 행동했을 뿐, 기억도 잘 나지 못하는 과거의 일 때문이라면.

하여…….

진자강에게 잔인하게 죽어야 하는 신세가 된 무사들의 얼굴에는 당혹감과 더불어 억울함이 가장 크게 드러나 있는 것이었다.

하나 진자강은 그런 표정을 한두 번 본 게 아니다.

"억울하다고 생각하지 마십시오. 당신들에게 더 억울하게 죽어야 했던 그들을 떠올려 보십시오. 당신들은 그저 명령이었다고 하지만, 그들은 자신의 인생이 송두리째 무너지도록 억울한 일이었을 것입니다."

진자강의 눈빛은 혈기를 담아 더욱 붉어졌고 분노도 훨씬 진해져 갔다.

무사들이 다시 두어 걸음을 물러섰음은 물론이요, 해막도 온몸에 소름이 돋을 정도의 지독한 살기였다.

진자강은 다시 사냥을 시작했다. 해막이 진자강의 앞을 가로막았다. 해막은 자신을 향해 맨몸으로 달려드는 진자강을 철주판으로 후려쳤다.

부우웅!

묵직한 바람 소리가 울렸다.

해막의 독문병기인 철주판은 주판 틀과 알이 모두 쇠로 만들어져 무게가 오십 근이 넘는다. 내공이 딱히 담기지 않아도 맞으면 뼈가 부러지고 살이 터진다.

진자강이 허리를 틀어 주판의 끝을 피했다. 해막이 잰걸음으로 두어 걸음쯤을 앞으로 빠르게 이동하며 새끼손가락을 철주판 끝에 걸고 철주판을 돌렸다. 한 번 피했다고 달려들었으면 반드시 맞았을 것이다.

차르르륵!

철주판이 돌아가며 주판알이 서로 부딪쳐서 불꽃을 튀기며 기묘한 굉음을 냈다.

해막이 새끼손가락을 중지로 바꿔 걸자, 가로로 휘둘러지던 철주판의 궤도가 바뀌어 사선으로 치솟았다. 철주판이 사선으로 한 바퀴 돌아 위에서 아래로 진자강을 후려쳤다.

진자강은 앞발로 바닥을 밀며 뒤로 미끄러지듯이 물러났다.

쾅!

철주판이 친 바닥에 주판알의 다닥다닥한 자국이 그대로 남았다. 해막이 돌연 바닥에 찍힌 철주판을 발로 차며 뛰어올랐다.

카가가각!

철주판이 마구 회전하면서 바닥을 긁으며 진자강을 향해 날아갔다.

진자강은 뒤로 물러나다가 위로 뛰어 피했다. 이미 허공으로 뛰어올라 있던 해막이 엄지를 접고 나머지 네 손가락을 살짝 구부린 채 진자강을 찔렀다.

금사장(金砂掌)을 수련하다가 파생된 무공으로 단련된 손끝에 내공을 모아 찌르는 수법이다. 이 수법을 익히면 살갗이 고목처럼 두꺼워지고 갈라지기 때문에 치첨지(榴尖指)라는 이름이 붙었다.

회전하는 오십 근의 철주판에 손가락을 걸어 쓸 정도로 손가락이 단단한 것도 금사장과 치첨지를 익힌 때문이다.

진자강은 금나수로 해막의 치첨지를 상대했다. 금나수는 손가락과 손목의 관절을 꺾거나 요혈을 잡아 무력화시키는 수법이다.

그러나 해막의 손가락은 진자강의 생각보다 훨씬 더 딱딱했다. 손가락을 잡아 관절을 역으로 꺾어 눌렀으나 손가락은 꼼짝도 하지 않았다.

손목을 잡아 틀어도 마찬가지였다. 손가락부터 팔뚝에 이르기까지 통짜로 되어 있는 듯 꼼짝도 하지 않는다.

진자강은 해막의 눈을 쳐다보았다. 해막의 눈이 웃고 있었다.

금사장으로 단련된 손은 금나수가 먹히지 않는다!

해막은 진자강의 손이든 팔뚝이든 개의치 않고 찔렀다. 해막의 손가락 끝이 닿을 때마다 뼈까지 충격이 왔다.

진자강은 손목을 뒤집어 탈혼사의 고리로 해막의 손가락을 막았다.

따— 앙!

고리가 울리면서 밀리는 바람에 손목이 끊어질 듯했다. 해막이 연속으로 진자강의 왼쪽 가슴을 손가락으로 찔렀다. 엄청난 지력이었다.

해막은 실력이 없는 자가 아니다. 아무리 정치력이 좋아도 실력이 없으면 무림총연맹에서 살아나기 어렵다. 지부장이면 중소 문파의 문주급 이상이다.

퍼퍽. 퍽 퍽 퍽!

네 번이나 손가락이 틀어박히듯이 찌르고 들어왔다. 갈비뼈가 찌르르 울렸다. 내공이 담겨 있어서 기혈들이 지릿거렸다. 진자강은 손을 갈퀴처럼 만들어 해막의 팔뚝을 찍었다.

상대의 몸에 구멍을 뚫는 포룡박!

"느려! 느리다!"

해막이 바로 손을 회수하는 바람에 진자강의 손가락은 해막의 손등을 찍었다.

포룡박이 해막의 손등을 뚫지 못했다. 오히려 진자강의 손톱이 깨졌다.

으직.

사람의 살이 아니라 딱딱한 쇠를 찍은 것 같았다.

해막은 진자강을 발로 차고 뛰어넘어 갔다.

진자강은 바닥에 구르면서 벌떡 일어났다. 가슴을 보니 옷이 찢기고 여러 개의 동그란 멍이 들어 있었다. 게다가 내공이 파고들어서 약간의 내상까지 입었다.

주륵.

진자강의 입에서 피가 흘렀다.

그사이 해막은 뒤로 돌아가 철주판을 주워 들었다.

해막은 손등에 붙은 진자강의 손톱 파편을 털어 냈다. 긁힌 자국조차 남지 않았다.

"손톱에 독이 있었느냐? 하지만 소용없다. 금사장은 십 년 이상 약물로 손을 단련시킨다. 녹슨 철 조각의 사이에 손을 찍어 넣어도 긁히지 않는데 손톱에 찍힐 것 같으냐? 독침도 박히지 않는다."

진자강은 거의 일방적으로 당했지만 살기가 전혀 줄어들지 않았다. 입가의 피를 닦으며 말했다.

"그렇습니까?"

해막이 철주판을 흔들며 진자강을 도발했다.

차라라라락.

"흥. 별것도 아닌 놈이 기물(奇物)의 힘을 빌려 입만 놀려 대는구나."

잠깐이지만 직접 상대해 보니 독룡의 보법이나 신법은 딱히 정묘하지 않은 듯했다. 거칠고 느리다.

해막은 긴장이 다소 풀렸다.

"기세는 무림총연맹을 상대로 전쟁이라도 할 것 같더니? 힘도 없는 놈이 감히 우리 무림총연맹에 맞서서 과거의 죗값을 운운해?"

해막은 '우리'라는 말과 '무림총연맹'이라는 말을 강조했다. 자신의 책임을 살짝 무림총연맹으로 넘기는 교묘한 언변이다.

진자강이 말했다.

"전쟁이라는 거창한 말은 어울리지 않는 것 같습니다. 지금 당장은 이곳 무림총연맹 귀주 지부부터 없앨 생각입니다. 다시는 힘없고 약한 자들이 이곳을 믿고 찾아왔다가 팔려 나가지 않도록."

"힘없고 약한 자? 귀주 약문이? 지나가던 개가 웃겠구나."

"아뇨. 귀주 약문이 아니라 힘없고 약한 자들, 이라고 말했습니다."

"그게 그 말 아니냐!"

억지를 부리는 해막이다. 진자강은 이런 말수작을 이미 몇 번이나 겪었다.

"희한한 게 뭔지 압니까? 당신들은 자신이 무슨 짓을 했는지 알고 있습니다."

"뭐라고?"

"그래서 일부러 내 말을 곡해합니다. 분명히 알아들었으면서도 알아듣지 못한 척, 자신들에게 없는 명분이 있는 척 말장난을 합니다. 그런다고 당신들의 죄가 덮어지거나 사해집니까?"

"말장난을 하는 것은 네놈이지 내가 아니다!"

"안타깝게도 나는 당신 같은 자들을 너무 많이 보았습니다. 그리고 내 앞에서 그런 말을 하던 사람들이 어떻게 되었는지 압니까?"

해막이 약간 어이없는 투로 보다가 핏, 하고 웃었다.

"내 옷깃도 건드리지 못한 주제에 오만하기 짝이 없구나. 그래, 설사 내가 네놈이 말한 것처럼 약자를 내쳤다 치자."

"소소의 혀를 뽑은 것도 당신의 명령이었을 텐데요."

"그래. 그것도 내가 그랬다. 그래서? 그래서 네깟 놈이 나를 어떻게 벌할 것이냐?"

진자강이 손가락으로 위를 가리켰다.

"하늘이."

해막이 저도 모르게 힐끗 위를 쳐다보았다가 해 때문에 눈이 부셔 눈을 찌푸렸다.

이번엔 진자강이 다시 바닥을 가리킨다.

"땅이."

마지막으로 해막을 가리켰다.

"그리고 당신의 등 뒤에서 원령들이 당신을 지켜보고 있습니다."

"개소리."

"이제 그들 앞에 무릎 꿇을 시간입니다."

진자강이 송곳니를 드러내며 이를 길었다.

으드드득!

해막은 불현듯 좋지 않은 기분을 느꼈다. 진자강이 몸을 뒤틀며 힘껏 팔을 당겼다. 그 순간 해막은 오른발 발목을 불로 지진 듯한 격통을 느꼈다.

"어?"

뎅겅.

탈혼사가 해막의 오른발 발목을 관통했다. 오른발이 발목 아래로 잘려 날아갔다.

"으, 으아악!"

해막은 비명을 지르다가 이를 악물고 참았다. 순식간에 해막의 얼굴이 땀에 젖었다. 고통도 고통이지만 언제 자신의 발목에 탈혼사가 감겨 있었는지 의아했다.

'발로 찼을 때!'

하지만 그가 본 독룡은 생각보다 느렸다. 그래서 자신의 치첨지도 제대로 막지 못하지 않았는가.

'아니다!'

지금 자신을 향해 달려오는 독룡을 보니…….

빠르다.

조금 전과 움직임이 완전히 다르지 않은가!

속았다!

진자강이 고의적으로 속인 것이다.

그건 마치 '약문에 너희들이 한 짓도 이러했지?' 하고 행동으로 말하는 듯했다.

해막은 철주판을 지팡이 삼아 바닥을 짚으면서 한쪽 손으로 치첨지를 뻗었다. 진자강은 대뜸 해막의 팔뚝을 잡아챘다. 세 개의 둑을 모두 돌려서 최대로 내공을 폭발시켰다. 해막이 팔을 잡아 빼면서 몸을 돌려 철주판의 넓은 면적으로 진자강을 쳤다. 진자강은 등으로 철주판을 막았다. 아니, 오히려 등으로 철주판을 쳤다는 행동이 옳았다.

퍼억!

철주판이 진자강의 등짝을 후려쳤다. 진자강은 버텼다. 해막이 외발인 데다 너무 가까워 무게가 제대로 실리지 않았다. 주판알의 가운데 튀어나온 부분들이 진자강의 등 살갗을 찍어 등판이 점점이 피로 물들었지만 그뿐이었다.

해막은 바로 철주판을 놓고 치첨지 네 손가락으로 진자강의 눈을 찔렀다. 정파인으로서는 비겁한 행동이지만 해막은 상관하지 않았다.

그런데!

진자강이 눈을 똑바로 뜨고 같이 해막의 눈을 찔러 오는 게 아닌가!

진자강은 검지와 약지를 벌리고 중지로 해막의 콧등을 탔다. 검지와 중지로만 눈을 찌르면 빗나가기 쉽고 상대가 조금만 고개를 돌려도 손가락이 부러질 수 있다. 하나 중지로 길잡이를 세우면 속도는 느려도 절대로 빗나가지 않는다. 반드시 해막의 눈을 찌르겠다는 결의다.

해막은 순간 기가 질렸다. 진자강이 먼저 찔리겠지만 자신의 눈도 멀 수 있다. 게다가 진자강의 깨진 손톱 끝에는 독이 묻어 있을 것임에 확실한 터! 진자강은 눈만 멀지만 자신은 눈으로 독이 들어와 죽는다.

'이런 미친놈이!'

해막은 주춤했다. 손해 보는 수를 나눌 순 없었다. 고개를 뒤로 젖혀 진자강의 손가락을 피하면서 방향을 바꿔 진자강의 목덜미를 찔렀다. 진자강이 해막의 손을 잡고 해막의 남은 다리를 걷어찼다.

해막의 몸이 휘청이며 옆으로 넘어갔다. 진자강은 해막의 다른 손까지 낚아챘다. 뒤로 돌아서 해막의 양팔을 어깨에 걸치고 손가락과 손등을 탈혼사로 엮었다.

"어엇!"

해막이 다급한 외침을 질렀다.

진자강이 탈혼사를 힘껏 당겨 묶었다.

금사장으로 단련된 손가락과 손등은 고목의 껍질처럼 굳은살로 덮여 있었다. 탈혼사가 감겼지만 제대로 박혀 들지 않았다.

끼긱, 끼기긱.

탈혼사가 파고들지 못하며 사기그릇이 갈리는 소리가 났다. 하지만 진자강은 계속해서 탈혼사를 당겼다.

진자강이 이를 악물고 온 힘을 다해 고리를 잡아당겼다.

"으으으아아아!"

내공을 잔뜩 넣었는데도 불구하고 진자강의 팔이 부들부들 떨리고 있었다!

탈혼사가 피부에 파고들며 조금씩 혈선이 생겨났다.

"으으악!"

해막이 외발로 진자강을 마구 걷어차며 몸부림쳤다. 해막은 무사들을 향해 소리쳤다.

"뭐 해! 뭐 하냐고!"

무사들이 엉거주춤하다가 진자강을 향해 달려왔다.

어깨에 걸친 해막의 팔이 꺾이며 해막의 몸이 크게 휘어졌다. 해막이 고통스러운 비명을 질러 댔다.

"으아악! 으아아아악!"

점점 파고들던 탈혼사가 마침내 두꺼운 껍질을 뚫고 들어갔다. 해막의 눈이 휘둥그레졌다. 눈의 동공이 극도로 축소되었다.

투투툭!

수십 년의 수련을 통해 해막을 이 자리까지 올라오게 해 준 그의 손가락들이 동강 나서 허공에 떠올랐다.

진자강이 몸을 틀며 탈혼사의 고리를 비선십이지의 묘를 담아 던졌다.

달려오던 무사들의 몸을 감으며 탈혼사가 빙글 돌았다. 진자강이 한쪽 고리를 당기자 무사들의 팔다리가 잘려 나갔다.

무사들이 무더기로 쓰러졌다.

바닥에 핏물이 흥건하게 흘렀다.

아우성이 이어지고 처절한 비명이 울려 퍼졌다.

남은 무사들은 놀라서 다가오기를 멈췄다.

해막은 피가 철철 흐르는 자신의 손을 앞으로 하고 울부짖었다.

"네 이노옴! 네놈은 절대 살아남지 못할 것이다! 언젠가 천 갈래 만 갈래로 찢겨 죽을 것이다!"

해막의 눈에 독기가 어렸다. 해막은 목숨을 구걸하지 않았다. 그의 열 손가락 중 아홉 개가 잘리고 겨우 오른손 새끼손가락 하나만 남았다.

그가 느끼는 좌절감이 얼마나 깊은지, 그의 표정만 봐도 알 수 있었다.

진자강이 그의 앞으로 다가갔다.

"내게 힘이 없다고 했습니까? 다시 한번 말씀해 보시죠.

이제 힘이 없는 건 누굽니까?"

"날 죽여라! 조롱하지 말고 죽여!"

해막이 악을 썼다.

진자강이 손을 들었다. 내공을 담아 치면 해막의 머리는 호박처럼 터져 나갈 것이다.

진자강이 싸늘하게 말했다.

"안 그래도 그럴 생각입니다."

한데 그때.

쿵! 쿵! 쿠웅!

무너진 절벽의 감옥 앞에 쌓인 돌무더기들이 진동하기 시작했다.

이어 돌무더기가 터져 나갔다.

그리고 거기에서 야율환과 다른 죄수가 걸어 나왔다.

야율환이 말했다.

"안 되지. 나도 그놈에게 받을 게 있다. 네가 죽여 버리면 내가 그 빚을 못 갚는다."

해막이 소리를 질렀다.

"내가 귀하에게 뭘 잘못했느냐! 십 년 동안 하루 한 끼 식사를 거르지 않았고 최대한의 편의도 봐주었다!"

야율환이 턱짓으로 무너진 감옥을 가리켰다.

뒤의 죄수가 사악한 웃음을 짓고 말했다.

"화약 냄새는 십 년 전부터 맡고 있었다. 그래서 입구 쪽만 남겨 놓고 모두 제거했지. 물론 저런 것으로 본 교의 목호를 막을 수 있다고 생각한 건 오산이지만."

"이이이! 썩을 마교인 따위가……!"

"이놈 봐라?"

야율환의 뒤에 서 있던 냉막한 표정의 죄수가 고개를 좌우로 돌리면서 앞으로 걸어갔다. 눈 한쪽이 뻥 뚫려 있는 데다 살벌한 표정이 외모만으로도 위압감을 주기에 충분했다.

"별 존재감도 없는 거지발싸개 같은 놈이 감히 우리 종사께 뭐라고 하는 거냐. 턱을 뽑아 주마."

야율환이 말렸다.

"마흘. 내가 빚이 있다고 했지 네가 있다고 하지 않았다."

"예, 목호."

마흘은 살짝 뒤로 물러났지만 해막을 노려보기를 멈추지 않았다. 해막이 이를 갈았다.

"마교 놈들이 감히 나를 가지고 장난을……."

"장난은 내가 아니고, 거기 있는 그놈이 치고 있다."

야율환이 진자강을 눈짓으로 가리켰다.

진자강이 왜 자신에게 그런 말을 하냐는 듯 야율환을 쳐다보았다.

"겨우 지부장 놈 하나로 빌빌거려서야 쯧, 나는 벌써 여기 있는 놈들 다 죽이고 우릴 기다릴 줄 알았다. 옥허구광 오뢰합마공의 이름이 아까워."

옥허구광 오뢰합마공!

다른 이들은 몰라도 해막은 알아들었다. 아무리 비밀이라고 해도 그것을 얻기 위해 백리중이 보낸 자들이 십 년을 찾아왔었으니, 모를 수가 없었다.

해막이 놀란 눈으로 진자강을 쳐다보았다. 해막이 진자강에게 전수했다고 생각이 든 모양이었다.

그래서 그렇게 강했구나!

백리중이 기를 쓰고 얻으려고 했던 무공을 진자강이 익혔으니 자신이 당할 수 없는 게 당연하다 보았다.

진자강이 물었다.

"스스로 깨치는 데에 시간이 걸릴 거라고 하지 않으셨습니까."

"구광 중에 오광제(五光堤) 이후를 가는 것에 대해 그리 얘기했지, 사광제(四光堤)에 있는 지금의 힘도 제대로 쓰지 못하는 걸 말한 게 아니다."

제(堤)는 둑이나 제방을 의미한다. 와류를 가두는 빛나는 둑이란 뜻이다. 단령경은 편의상 둑이라고 불렀지만 야율환이 부르는 정확한 명칭은 광제다.

진자강은 이곳에 오기 전에야 세 개의 둑을 겨우 가득 채울 수 있었다. 그런데 야율환은 진자강이 네 개의 둑을 가지고 있다고 말하는 것이다.

하지만 둑의 일부, 왼쪽 용천혈이라거나 장심은 진자강의 막힌 기혈 쪽에 있다. 그리고 하단전과 명문혈은 좌측의 기혈이 뚫려야 비로소 둑을 이을 수 있었다.

'내 몸의 좌반신은 기혈이 막혀 있으니 당연히 둑을 세울 수가…… 아!'

진자강은 자신이 왜 미처 그 생각을 하지 못했는지 스스로 멍청하단 생각마저 들고 말았다.

더 이상 진자강의 좌측 기혈은 막혔다고 말하기 어려웠다. 기혈을 녹여서 느리지만 흐르게 만들 수 있었다.

그렇다는 건 좌측의 용천혈과 장심도 이젠 이용할 수 있다는 뜻이 아닌가!

야율환이 외쳤다.

"혼원이 무엇이냐? 혼원은 음이고, 양이다. 양이고, 음이다. 다르지만 다르지 않고, 같지만 같지 않다. 그것이 혼원이다."

막혀 있지만 막히지 않았고, 선기가 아닌 탁기지만 선기의 내공과 같다.

진자강은 그것을 불현듯 깨달았다.

'그렇다면 내가 가진 네 번째 둑은!'

해막은 진자강이 딴청을 피우는 걸 보고 분노가 치솟았다.

얼마나 자신을 우습게 보았으면 바로 앞에서 가르침을 주고받는가!

해막은 발치의 철주판을 몰래 들었다. 그리고 남은 내공을 극한까지 끌어 올려 새끼손가락을 걸고 휘둘렀다.

"죽어라—!"

콰우우웅!

철주판이 무시무시한 기세로 진자강의 머리로 날아들었다.

멍한 눈으로 있던 진자강의 눈이 번쩍였다.

진자강의 눈자위가 붉게 물들었다.

키이이잉.

온몸이 잘게 떨렸다. 우측 내공을 최대로 돌려 세 개의 둑에 와류를 극대로 활성화시킨 탓이었다. 그 여파로 좌반신의 기혈이 녹아 흘렀고, 그 흐름을 왼쪽 손바닥 한가운데 장심으로 몰아넣어 한 개의 둑을 더 쌓았다!

왼쪽 팔에 일어난 탁류의 내공이 손바닥의 가운데 생겨난 둑에 갇혀 마구 날뛰며 소용돌이를 일으켰다. 큰 소용돌이와 작은 소용돌이가 몇 개나 생성되었다. 진자강은 신경 쓰지 않았다. 개수가 중요한 게 아니라 그것들이 서로 어우러지게 만드는 게 중요하다.

그것이 혼원(混元)이다.

각각이 자유로우면서, 질서를 유지하고 있는 것.

모순되지만 모순되지 않는 것.

함께 공존하는 것!

우반신에 갇혀 있던 선기의 내공 일부가 좌반신으로 흘러들어 갔다. 좌반신의 기혈이 우반신의 기혈을 이어받았다.

좌장심의 둑이 한결 거대해졌다. 그만큼 내공에 실린 힘도 강력해졌다. 왼팔에 생긴 회오리의 경력이 옷을 찢고, 옷자락이 마구 나풀거렸다.

진자강은 그 상태로 왼팔을 들어 팔목으로 해막의 철주판을 막았다.

콰— 지— 직—!

철주판이 엿가락처럼 휘어지며 틀이 구겨지고 주판알이 사방으로 튀었다.

좌반신의 둑 안에서 소용돌이치는 와류는 우반신의 것과 달라서 느리지만 묵직한 힘을 담고 있었다.

이제 막대한 힘을 지닌 네 개의 소용돌이가 진자강의 몸에 생겨 있는 셈이었다. 세 개의 둑은 선기의 내공이고 한 개의 둑은 탁기의 내공이다. 서로 다른 둑이지만 움직일 때에는 이질감이 없이 얽혀 움직인다.

세 개의 둑을 돌리고 있을 때와는 비교할 수 없이 강한 힘이 몸에 흐르는 게 느껴진다.

해막은 말을 잃었다.

"이, 이놈이……."

진자강은 왼팔을 툭툭 털듯이 흔들어 충격이 아주 없지 않음을 살짝 보였을 뿐이었다.

야율환이 한쪽 입꼬리만 올려 웃었다.

"이제야 정신을 차렸군. 그럼 그놈은 네게 주마. 가져라."

진자강이 오른손으로 왼손의 손목을 잡고 왼손 손바닥에 내공을 잔뜩 끌어모았다. 오른쪽의 둑에서 왼쪽으로 내공을 이동시켜 터지도록 손바닥에 몰아넣었다. 왼손 손바닥이 검붉게 물들었다. 후끈한 열기가 느껴지며 아지랑이가 피어올랐다.

그것으로 해막의 얼굴을 잡았다. 해막은 얼굴이 뜨거워 미칠 지경이었다.

"크, 크윽! 뭐, 뭐 하는 짓이냐!"

"사람은 죽는 순간의 모습이 지옥에서도 그대로 계속된다고 합니다. 참회하기 전까지. 당신에게 딱 어울릴 겁니다."

작열쌍린장!

퍼어엉!

"으아아아아악!"

해막의 얼굴에서 연기가 피어올랐다. 해막이 발버둥을
쳤지만 진자강의 손을 벗어날 수 없었다. 진자강이 극도의
살기를 드러내며 말했다.

"지옥에서 봅시다."

그 으스스한 목소리에 무사들은 얼어붙었다. 비명을 지
르던 자들마저 해막의 얼굴이 새까맣게 타는 것을 보며 입
을 다물고 공포에 몸을 떨었다.

그러다 몇몇이 달아나려고 허둥댔다.

야율환이 입을 열었다.

"마흘."

마흘이 진자강의 살기에 영향을 받아 눈이 번들거렸다.
야율환이 명령했다.

"날뛰어라."

마흘의 입가에도 살기 어린 웃음이 감돌았다.

"기다리고 있었습니다."

마흘은 말이 끝나기가 무섭게 달려 나갔다. 기다란 팔을
마구 휘둘러 무사들의 머리를 부수고 가슴을 함몰시켰다.

귀주 지부는 아비규환의 지옥도가 되었다.

한 식경도 채 지나지 않아…….

감옥 앞의 공터에는 서 있는 자가 아무도 남지 않게 되었
다.

＊　　　＊　　　＊

귀주 지부가 정리되자 진자강은 곧바로 떠날 준비를 했다.

"많은 도움을 받았습니다. 그럼."

마흘이 진자강의 앞을 막았다. 마흘은 살기가 아직 남아
서 흥분을 가라앉히지 못하고 진자강을 내려다보았다.

"지금까지는 목호께서 참으라고 하여 참았지만, 인사는
제대로 하고 가라."

진자강은 빤히 마흘을 올려다보았다.

"방금 하지 않았습니까."

"이 배은망덕한 놈이……."

마흘은 진자강을 씹어먹을 것처럼 외눈을 부라렸다. 하
나 진자강은 조금도 위축되지 않고 오히려 비웃음까지 지
었다.

"목호는 방금도 굳이 옥허구광 오뢰합마공의 이름을 밖
으로 냄으로써 나를 금강천검의 표적으로 만들었습니다.
기분은 썩 좋지 않지만 그 정도면 서로 잘 주고받은 거라고
생각합니다만."

"여기 있는 놈들은 하나도 남기지 않고 다 죽였는데 무슨 헛소리냐!"

"지부 안쪽에 있던 이들 소수가 그 말을 들은 후에 달아났습니다."

"알고도 내버려 두었나?"

"문제 있습니까?"

마흘이 눈을 크게 뜨고 진자강을 노려보다가 서서히 웃는 표정으로 바꾸었다.

"목호 말씀이 맞습니다. 이놈, 진짜 이상한 놈입니다. 목호의 생각을 알고도 저리 행동하는군요."

"그래. 그런 놈이니까 저 지경이 된 몸으로도 여기까지 올 수 있었던 거겠지."

야율환이 진자강에게 작별을 고했다.

"나는 무암과의 옛정을 생각하여 네게 옥허구광 오뢰합마공을 전수하였으나, 만일 다음에 적으로 만난다면……."

"목호는 제게 빚이 하나 있습니다."

"흠. 그렇지."

야율환이 잠시 생각하다가 다시 정정하여 말했다.

"적으로든 지나가는 인연으로든 가능한 만나지 않기를 바라마. 빚을 받고 싶으면 찾아오든가."

진자강은 야율환에게 살짝 고개를 숙여 인사한 후, 마흘을 쳐다보았다. 마흘이 실실 웃으면서 옆으로 비켜 주었다.

"나는 목호 생각과 다르다. 언제 한번 만나면 꼭 네놈을 손봐주고 싶구나."

진자강은 대꾸도 않고 떠났다.

절룩, 절룩.

마흘이 진자강이 떠나는 모습을 보면서 묘하다는 표정을 지었다.

"정말로 갈 때까지 이상한 놈이군요. 다리 병신도 아니면서 다리를 절다니."

"무의식적으로 하는 행동이겠지."

야율환이 진자강의 뒷모습에서 눈을 떼지 않고 말했다.

"복수를 다짐했던 날, 그 때에 몸에 남았던 가장 불편한 기억이 저런 식으로 표출되는 거다. 월왕 구천이 와신상담(臥薪嘗膽)하며 복수를 잊지 않았던 것처럼. 스스로의 몸이 복수를 잊지 않고 있을 만큼 지독했다는 거겠지."

야율환은 한참이나 진자강을 보다가 자리를 떴다.

"우리도 가자. 집으로."

＊　　　＊　　　＊

뜻밖에도…….

백리중은 산중에서 백리권과 함께 야영을 하고 있었다.

끼익끼익.

상공에서 매 울음소리가 들려왔다. 매는 계속해서 같은 자리를 뱅글뱅글 맴돌았다.

백리중이 손을 뻗으며 휘파람을 불었다.

매가 즉시 날아와 앉았다. 매의 날카로운 발톱이 백리중의 팔을 꽉 붙들었으나, 백리중은 개의치 않았다. 매의 다리에 묶인 연통을 풀어 그 안에 담긴 서신을 읽었다.

백리중의 얼굴이 굳어졌다.

"어떻게 놈이 청성산의 포위를 뚫고 나왔지. 하찮은 벌레인 줄 알았더니 벌써 사광제에 올라?"

백리중의 미간에 굵은 주름살이 생겼다.

백리중이 깊은 생각에 잠길 때의 표정이다.

백리권은 모닥불에 장작을 채워 넣으며 백리중의 생각이 끝나길 기다렸다.

그러나 백리중은 생각보다 오랫동안 생각했다.

뚜둑, 뚜둑. 뚝. 뚝.

백리중이 상념에서 깨어난 것은 그의 손에 들린 매의 모든 관절이 마디마디 부러져, 더 부러뜨릴 것이 없어진 뒤였다.

"흠."

백리중이 죽은 매를 모닥불에 집어 던졌다.

백리권은 참지 못하고 결국 말을 걸었다.

"사부님, 무슨 일입니까?"

백리중은 한동안 입을 다물고 있다가 말했다.

"옥허구광 오뢰합마공이 세상에 나왔다."

백리권은 어리둥절했다.

"무슨 말씀이신지…… 옥허구광 오뢰합마공이라는 무공은 처음 듣습니다."

백리중이 대답하지 않고 백리권에게 물었다.

"천인신검은 얼마나 성취를 얻었느냐."

"칠성의 초입에 들어섰습니다."

백리권은 백리중을 더 이상 실망시키지 않기 위해 최선의 노력을 다했다. 하여 마침내 육성의 벽을 깨고 칠성에 도달할 수 있었다.

하나 백리중은 더 생각할 필요도 없다는 듯 말했다.

"본가로 돌아가라."

백리권은 너무 놀라서 그 자리에서 바로 무릎을 꿇고 부복했다.

"사부님! 아니, 아버님! 소자에게 만회할 기회를 주십시오!"

"늦었다. 이번은 네가 나설 기회가 없다. 놈이 귀주에서 금복상인을 죽였다."

"제가 귀주로 가겠습니다!"

백리중은 백리권에게 기회를 주기 위해 일부러 데리고 나왔다.

목표는 당연히 청성산에 있는 독룡 진자강이다.

그러나 진자강은 이미 청성산의 포위망을 뚫고 나와 있었던 것이다. 그것도 주력이 빠진 틈에 귀주 지부로 가 지부를 몰살시킬 줄이야!

"지금의 놈은 네가 알던 놈이 아니다. 지금의 놈은 극히 위험하다."

백리권은 사정했다.

"소자는 할 수 있습니다! 놈을…… 놈의 목을 잘라 반드시 연 매의 제사상에 걸어 놓을 것입니다!"

백리중이 잘라 말했다.

"지금이 아니어도 기회가 있다."

"아버님……."

백리중은 기회를 주겠다고 말하는 사람이 아니다. 그런 그가 다음 기회를 언급했다는 것은 그 자체로 최대한 백리권을 배려한 것이다. 그만큼 위험하다는 걸 의미한다.

백리중이 웃으면서 손짓했다.

"이리 와라."

백리중은 백리권의 어깨를 토닥였다.

"때가 되면 네가 할 일이 생길 게다. 네가 군이 개가 되어 개싸움에 끼어들 필요는 없느니라. 지금 네가 할 일은 스스로를 갈고 닦아 다시는 예전의 실수를 반복하지 않도록 하는 것이다."

"하지만 연 매가 놈의 손에……."

백리중이 어깨를 툭툭 쳤다.

"돌아가라. 지금, 당장."

백리권은 아랫입술을 꾹 깨물었다. 백리중도 백리권에게 니까 이 정도지, 다른 사람이었다면 이만큼이나 길게 얘기하지 않았을 터다.

백리권은 그 자리에서 포권으로 인사하고 말없이 바로 떠났다. 항의의 표현이었다.

"쯧."

하지만 백리중은 가볍게 혀를 차는 것으로 백리권에 대한 신경을 꺼 버렸다. 자세한 얘기를 할 수 있는 상황이 아니었다.

이것은 언젠가 조용하게 털어놓아야 할 백리중의 치부다.

그런데, 그 치부를 방금 진자강이 건드렸다는 걸 알게 되었다.

그리고 아마도 거기엔 무암 존사의 언질이 있었음에 분명힐 터였다.

백리중이 손짓했다. 모닥불 속에서 불에 타던 매가 백리중의 손안으로 날아왔다.

백리중은 새까맣게 탄 깃털을 뽑지도 않고 매를 입으로 가져갔다.

"광명정사가 놈에게 모든 것을 전했다면 나머지 완전한 구결도 놈의 손에 있을 것이다. 오히려 잘된 것이지. 하지만…… 무암 자네는……."

우지직, 우직.

반은 타고 반은 생인 매를 씹으면서 백리중의 눈빛이 점점 날카로워졌다.

"끝끝내 건드리지 말아야 할 걸 건드리는군. 자네는 아무래도 죽어야겠어."

백리중은 눈은 점점 살기로 가득해졌다.

　　　　　*　　　*　　　*

백리중은 청성산으로 향했다.

첫 번째 시도를 실패하고 물러나 있던 뇌락검 엽진경이 백리중의 앞에 나타났다. 엽진경의 눈살이 찌푸려졌다.

엽진경과 백리중은 경쟁 관계에 있다. 백리중이 갑자기 나타난 것이 달갑지 않다.

"무슨 짓이냐."

백리중은 엽진경을 힐끔 보더니 금세 고개를 돌렸다. 그러더니 가던 길을 그대로 간다.

"따라오고 싶으면 따라오든지."

백리중은 묘하게도 평소의 흐트러짐 없는 모습이 아니라 거지꼴이었다. 머리칼은 다 흐트러져서 반 난발이고 옷은 며칠을 갈아입지 않은 듯 지저분했다.

그러나 눈빛만은 지독할 정도로 생생하게 살아 있었다.

백리중은 엽진경을 지나쳐 앞으로 걸어갔다. 백호지황각의 무사들이 백리중의 앞을 막았다.

"한 번 만 더 본인의 길을 막으면."

백리중이 무덤덤하게 말했다.

"다 죽인다."

엽진경은 이를 씹었다.

'젠장!'

거짓말이 아니다. 백리중은 전혀 살기가 보이지 않는다. 그러나 누군가를 향한 극도의 살기가 느껴진다.

백리중의 몰골이 그 증거다. 백리중은 오로지 단 하나만 생각하고 있다. 다른 건 조금도 신경 쓰지 않아서 저런 몰골로 다니는 것이다.

오로지 누군가를 '죽이려는' 데에만 집중하고 있는 백리중이다.

그러니까 거짓말이 아니다. 백호지황각이든 무엇이든 그를 막는다면 그가 목표하고 있는 누군가를 죽이기 전까지 베어 버릴 게 분명하다.

엽진경은 입술을 깨물며 손을 들었다.

"비켜 줘!"

당연히 그냥 비키지는 않았다. 검호대와 무사들을 소집시켜 바로 백리중의 뒤를 따랐다.

마을의 다관 바깥쪽에서 차를 마시던 아미파의 인은 사태가 백리중과 눈이 마주쳤다. 인은 사태가 고개를 살짝 숙여 인사했다. 백리중은 무시하고 지나쳤다. 그것은 아주 자연스러워서 도저히 보고도 일부러 무시했다는 생각이 들지 않을 정도였다.

당가를 비롯해 인근 중소 문파에서 지원을 나온 무인들이 백리중과 인사를 나누고 싶어 했으나, 백리중은 조금도 틈을 보이지 않았다.

그들은 말하기 어려운 백리중의 기세 때문에 백리중에게 다가서지도 못했다.

백리중은 마을을 지나 청성산으로 갔다. 산문 밖에서부터 여러 문파들이 겹겹이 청성산을 포위하고 있었다.

백리중이 산문을 지나 청성파의 도관들을 향해 계속해서

올라갔다.

산문 위쪽 좁은 계단을 사파인들이 지키고 있었다.

"저건 뭐야."

허름한 복장의 백리중이 혼자서 산문을 올라오자 사파인들이 무기를 들고 막아섰다.

혼자라고 해도 워낙 분위기가 심상치 않았다. 게다가 저 멀리에 무림총연맹의 무인들이 대기하고 있는 것도 보였다.

"뭔데 혼자야. 어?"

잔풍객이 앞으로 나섰다. 어깨에 거대한 도끼를 걸머지고 건들거리며 걸었다.

"너 고수냐? 어이, 네 이름이 뭐야? 우리가 그렇게 우습게 보여?"

백리중이 잔풍객의 바로 코앞까지 와서 섰다. 잔풍객의 덩치가 워낙 크고 키도 커서 백리중이 올려다보아야 했다. 하지만 백리중은 잔풍객을 쳐다보지도 않았다.

"비켜라."

"비켜? 어디서 이런 새끼가⋯⋯."

잔풍객이 손바닥을 들어서 백리중의 뺨과 목덜미를 후려 쳤다.

빡! 뻐억!

백리중의 수염이 흔들렸다. 몸이 흔들리고 목덜미에 시뻘건 자국이 남았다. 잔풍객이 백리중의 배를 발로 찼다. 잔풍객의 굵은 발에 맞아 날아가면 백리중은 계단 아래까지 굴러가게 될지도 몰랐다.

하지만 백리중은 꼼짝도 않았다. 잔풍객의 눈이 커졌다. 사람을 찼는데 두부나 물같이 출렁거리는 걸 찬 것처럼 느낌이 없었다.

"이, 이……!"

백리중이 그제야 잔풍객을 올려다보았다. 무덤덤한 표정이 더욱 소름 끼쳤다. 백리중은 잘 들리지도 않을 정도로 중얼거렸다.

"이 정도면 죽어도 원은 없겠지."

백리중의 손이 뒤로 쭉 빠졌다가 앞으로 나왔다.

잔풍객의 두툼한 가슴 사이에 일장이 가해졌다. 잔풍객이 뒤로 튕기듯이 물러나며 도끼로 가슴을 막았다.

우르르릉!

뇌성이 울리는 소리가 나며 백리중의 손에서 막대한 힘이 뿜어졌다. 잔풍객은 손바닥이 닿지도 않았는데 엄청난 바람에 몸이 휩쓸리는 듯한 충격을 받았다.

"으아아앗!"

콰아앙!

잔풍객의 뒤쪽 계단이 전부 찰흙처럼 뭉개져 버렸다. 그러니 그 앞에서 바로 장력을 맞고 있던 잔풍객의 몸은 어찌 되었겠는가!

"으, 으억. 억……!"

잔풍객은 도끼로 막고 있는 그대로 눈을 휘둥그레 뜨고 신음을 내뱉었다. 눈과 코 등 칠공에서 잔풍객이 숨을 쉴 때마다 피가 울컥, 울컥 쏟아졌다.

내장들이 작살났다.

덜커덕.

힘이 빠져 도끼까지 놓쳤다.

뒤쪽에서 인마 감충이 배를 두드리다 말고 놀라서 소리 쳤다.

"굉가부곡장! 금강천검이다!"

잔풍객은 그래도 이를 악물고 도끼를 집어 보려 했으나 팔이며 몸이며 하나도 움직이지 않아 몸만 떨어 댔다. 백리중은 잔풍객의 목을 한 손으로 잡아 뒤로 던져 버렸다. 잔풍객은 아래 계단으로 굴러떨어지면서 팔다리가 전부 꺾이고 부러져 뒤틀렸다. 던져지면서 이미 목까지 부러져서, 아래 계단까지 굴러갔을 때엔 죽은 지 오래였다.

"꺄아아! 잔풍객!"

화사신녀가 아이를 안고 비명을 질렀다. 화사신녀의 목

소리는 음공에 가까워서 평범한 비명이 아니다. 백리중의 눈이 찡그려졌다.

응애! 응애!

화사신녀가 아이 울음소리에 더해 사음성으로 백리중을 괴롭혔다.

"오호호, 거기 더러운 양반. 소첩이 몸을 깨끗이 씻겨 드리면 어떻겠사옵니까?"

백리중 한 명만을 목표로 한 음공이기에 효과가 극대화되었다. 백리중의 얼굴이 붉으락푸르락해졌다. 백리중은 인상을 쓰더니 바닥에 떨어진 잔풍객의 거대한 도끼를 들었다.

"귀가 간지럽군."

그러곤 도끼를 화사신녀에게 던졌다.

휘리리리!

도끼가 큰 파공음과 함께 빙글빙글 돌면서 화사신녀에게 날아갔다. 화사신녀는 음공을 멈추고 보법을 밟으며 피하려 했다.

그때 백리중이 입을 모아 휘파람을 불었다.

삐이익!

그것은 음공도 아니고 그냥 아무것도 아니었다. 순수하게 내공을 담아 불은 휘파람이었다. 그러나 그 순간 화사신녀의 양쪽 귀 고막이 터져 나갔다.

펑.

막 달아나려던 화사신녀의 움직임이 딱 멈추었다. 화사신녀의 동공에 날아오는 도끼가 점점 더 커지고 있었다.

감충이 달려와 급한 김에 화사신녀의 머리채를 잡고 뛰어올랐다.

펑!

도끼는 계단에 자루도 보이지 않을 정도로 깊게 박혔다. 그리고 화사신녀의 몸이 옆으로 넘어갔다.

감충의 손에 들린 것은 놀라고 있는 화사신녀의 머리뿐이었다.

"이런 쌍!"

감충의 얼굴에 공포와 슬픈 빛이 동시에 스쳐 갔다.

감충이 살기를 띠고 백리중을 노려보았다.

그러나 백리중은 쳐다도 보지 않고 뭉개진 계단을 넘어 위로 가고 있을 뿐이었다.

사파인들이 죽음을 각오하고 백리중의 앞을 막았다. 백리중은 귀찮다든지 하는 감정을 전혀 내색하지 않았다. 그저 죽이려는 듯 손을 들었을 뿐이다.

하지만 누군가 나서서 백리중이 손을 쓰기 전에 사파인들을 비키게 했다.

"금강천검은 내가 맡지."

사파인들이 좌우로 갈라져서 길을 열었다.

계단 끝 위에서 팔비마걸 구륜이 기다리고 있었다. 구륜이 등패를 들고 서서 웃었다.

"드디어 만나게 되었구만. 정파의 대협객 금강천검 백리중."

구륜을 본 백리중의 표정은 여전히 그대로였다.

"누구냐?"

구륜은 동요하지 않았다.

"아아, 그냥 전장에서 굴러먹던 도부수(刀斧手)올시다."

백리중은 마치 어린아이를 타이르듯이 말했다.

"군영을 나왔으면 은퇴해서 조용히 야인으로 살 것이지, 무어 얻어먹을 게 있다고 강호를 기웃거리느냐. 꺼져라."

"그렇겐 못 하겠는데?"

구륜이 빙글빙글 웃었다.

"재주가 있으면 여기서 은퇴시켜 보시지?"

그 순간 백리중의 몸이 흐릿해졌다. 뿌옇게 잔상이 남으며 십여 장을 격하고 구륜의 앞에 나타났다.

"억!"

백리중이 지나온 길에서 비명이 울렸다. 사파인 한 명이 피를 토하며 고꾸라지고 있었다. 사파인이 들고 있던 대감도가 어느새 백리중의 손에 들려 있었다.

구륜이 눈을 찡그렸다. 백리중의 신법이 상상 이상이었다.

구륜의 앞에 선 백리중이 대감도를 치켜들었다. 키가 작은 구륜을 무표정한 눈으로 내려다보는데 그 모습이 위압적이기 그지없었다.

"칼 쓰는 법은 좀 아느냐?"

구륜은 급히 등패를 들어 올려 앞을 막았다.

콰아악!

벼락이 떨어졌다.

＊　　　＊　　　＊

무암 존사는 작은 암자의 앞에서 눈을 감은 채 가부좌를 틀고 앉아 있었다.

안에서 느껴지는 기운으로 볼 때, 이제 단령경이 나올 때가 임박했다. 그러나 그가 이곳에 있으면 백리중이 여기까지 찾아오게 될 것이다.

지금은 단령경에게 굉장히 중요한 때였다. 단순히 중독

을 벗어나는 것뿐 아니라, 잘린 팔로 인해 달라진 신체에 대해 새롭게 적응을 하는 중이다.

그래서 생각보다 시간이 오래 걸린 터.

'끝내 보지 못하고 떠나겠구려. 살아 있다면 언젠가는 만나겠으니.'

무암 존사는 소리가 나지 않게 조용히 일어섰다.

'그대의 사람들이 그대를 지키기 위해 피를 뿌리고 있으니 나 역시 한 손 보태야겠소이다.'

무암 존사는 기운이 끓어오르는 암자 안을 쳐다보며 마음으로 인사를 전하고 자리를 떠났다.

그가 향하는 곳은 단령경이 있는 암자의 반대쪽, 청성산에서 가장 높은 봉우리인 노소정(老霄頂)이었다.

*　　*　　*

백리중의 대감도가 등패를 스쳐 지나가 바닥에 박혔다.

구륜이 붕리의 묘리를 이용해 대감도를 비껴 낸 것이다.

구륜이 만족한 듯 웃었다. 자신의 등패술은 최강이다. 금강천검이 이름난 고수긴 하지만 그조차도 자신의 등패술을 넘을 순 없다!

"나의 등패는 뇌락검도 뚫지 못했다. 네놈이라고 다를

바가 있을까! 하하하!"

그 순간 백리중의 눈빛이 살짝 변했다.

"뇌락검이라고?"

백리중의 입술이 들리면서 이가 드러나기 시작했다.

"그런 하잘것없는 자와 본인을 비교하다니……."

백리중이 대감도를 다시 들어 내려쳤다.

콱!

백리중의 대감도는 등패의 미묘한 움직임에 걸려 다시금 바닥에 박혔다. 구륜이 그사이 칼을 꺼내 백리중을 찔렀다. 그런데 그것보다도 백리중이 다시 내려치는 속도가 빨랐다.

"윽!"

구륜은 등패를 다시 치켜들어야 했다.

콰아악!

대감도가 아까보다 강하게 등패를 긁고 지나갔다. 한 손으로 등패를 잡고 버렸더니 팔뚝이 찌르르 울렸다. 그만큼 백리중이 강하게 힘을 주어 베었다는 뜻이다.

그런데 그 정도로 힘을 주어 베었다가 빗나가면 자세가 흔들려야 하거늘, 바닥에 대감도가 박혔다 싶은 순간 백리중을 보면 어느새 벌써 칼을 뽑아 위로 치켜들고 있는 것이다.

때문에 구륜은 도저히 반격할 틈을 찾지 못했다.

콱! 콰악!

압박이 더 강해졌다. 구륜으로서는 어떻게든 백리중이 허점을 드러내게 만들어서 반격을 해야 했다.

한데 백리중이 다른 초식 없이 계속해서 위에서 아래로 단순하게 베고만 있으니 다른 수를 쓰기가 어려웠다.

'이번엔 옆으로 좀 더 틀어 낸다!'

구륜은 봉리를 최대한으로 세심하게 이용하여 백리중의 대감도를 훨씬 더 크게 옆으로 빗나가도록 조정했다. 등패에 백리중의 대감도가 걸리는 순간, 자신의 힘을 더해서 옆으로 밀쳐 냈다. 아니, 그러려고 했다.

그러나 대감도의 칼날이 등패에 닿아 걸리는 순간에 구륜은 그럴 수가 없다는 걸 깨달았다.

'더 움직이면 팔이 부러진다!'

백리중이 대감도에 담은 힘이 너무 거대했다.

거대한 물길을 강제로 틀어 내려 하면 지형이 붕괴된다. 물길을 아주 조금 비틀어서 정면으로는 맞지 않을 수 있으나, 인위적으로 완전히 바꿀 순 없다.

콱! 콱!

백리중은 계속해서 대감도를 휘둘렀다. 이미 수십 차례나 휘둘렀는데 지치지도, 느려지지도 않았다. 처음부터 지금까지 계속 같은 힘으로 같은 궤도를 같은 속도로 친다.

구륜은 막기만 하고 있을 수밖에 없었다.

백리중이 눈에 비웃음을 가득 담고 조소했다.

"칼 쓰는 법을 전혀 모르는구나?"

"이런 썅!"

구륜이 이를 갈면서 등패를 양손으로 단단히 틀어쥐었다. 이제는 이판사판이다.

백리중은 똑같이 대감도를 휘둘렀다.

구륜이 온 힘을 다해 붕리를 최고조로 끌어 올렸다.

구륜은 놀랍게도 이번엔 백리중의 대감도를 옆으로 흘리지 않고 고스란히 받아 내었다.

우드드드득.

온몸의 관절이 흔들리고 뼈가 부서질 듯 떨어 댔다. 백리중이 대감도에 실은 내공의 압력 때문에 내장이 등 쪽으로 쏠려 등뼈가 탈골될 듯 휘어졌다.

구륜의 몸은 순식간에 땀으로 흠뻑 젖었다.

그러나 구륜은 쾌재를 불렀다.

완벽하게 먹혔다.

지금 백리중은 퍽퍽한 돼지비계를 무딘 칼로 썬 듯한 불쾌감을 느꼈을 것이다.

극한의 붕리, 완벽귀조(完璧歸趙)!

완벽귀조는 조나라의 인상여라는 사람이 진나라의 소양왕에게 가지고 있던 보옥(寶玉)을 빼앗기지 않고 무사히 돌아왔다는 데에서 생겨난 말이다.

빌렸던 물건을 고스란히 돌려주는 것처럼 백리중이 쏟아낸 힘을 백리중에게 되돌린다!

구륜은 온몸으로 받은 하중을 다리로 보내 오른발로 바닥을 박찼다. 웅크리고 있던 몸을 앞으로 하며 어깨로 등패를 받치고 밀었다.

"내가 팔비마걸이다! 내 이름을 똑똑히 알아 둬라!"

백리중이 대감도를 놓지 않으면 대감도가 깨지며 백리중을 상처입힐 것이고, 대감도를 놓으면 등패로 밀어붙여 백리중의 전신을 으스러뜨릴 것이다.

그런데.

구륜은 등패의 틈새로 백리중이 다시 대감도를 하늘로 치켜들고 있는 걸 보았다.

'어, 어느새?'

등줄기에 식은땀이 흘렀다.

백리중은 대감도를 놓지도 물러서지도 않았다. 아까와 똑같이 대감도를 휘둘렀다. 구륜은 온 힘을 다해 등패를 밀고 있었기 때문에 붕리를 제대로 펼칠 수 없었다.

콰— 직!

등패에 백리중의 대감도가 고스란히 틀어박혔다. 대감도에 실린 힘과 구륜이 뻗고 있는 등패의 힘이 맞부딪쳤다. 두 힘은 상쇄되지 않고 구륜의 몸 안에서 대치했다.

하지만 백리중이 이번에 내려친 힘이 더 강했다. 아주 강하진 않았다. 그저 일 푼의 힘을 더했을 뿐이었다. 하지만 그 일 푼의 힘 때문에 대감도에 실린 힘이 구륜의 몸 안에서 튀어나오던 힘을 고스란히 누르고 들어왔다.

구륜이 온 힘의 하중을 오른 다리로 보내고 있던 탓에 그 두 힘은 오른쪽 다리 한쪽으로 몰렸다.

퍼억!

구륜의 오른쪽 정강이와 발목이 그대로 터져 나갔다. 근(筋)과 핏줄이 터지면서 뼈가 드러나고, 뼈도 힘을 버티지 못해 부러져 나갔다.

구륜은 넘어지듯 무릎을 꿇었다. 그러나 이를 악물고 비명은 지르지 않았다.

구륜이 경악의 눈으로 백리중을 올려다보았다.

'이런 괴물이!'

백리중이 그제야 되물었다.

"누구라고?"

구륜은 얼굴이 땀으로 흠뻑 젖었다.

백리중이 대감도를 들며 다시 물었다.

"누구라고?"

구륜은 부서져라 어금니를 깨물었다.

대감도에 서린 시퍼런 도기가 햇빛을 받고 빛났다.

이제 죽는 것인가, 싶은 순간.

갑자기 청아한 목소리가 들려왔다. 아니 들려온 것이 아니라 청성산 전체에 울려 퍼졌다.

선재시라 보화군이여!

앞서 옥청천에 계시사

칠보대에 앉으시고 뭇 천선들이 운집하나니

옥추의 지극한 도의 뜻과

무겁고 깊디깊은 도를 세밀히 살펴 말씀하셨느니라.

누군가 도경을 읊은 것이다.

청청한 목소리가 듣는 이의 마음을 편하게 가라앉혔다.

한 사람만을 제외하고.

백리중의 눈초리가 찢어질 듯 치켜 올라가고 눈동자는 청성산의 봉우리를 향했다. 온몸의 털이란 털이 모두 곤두서 있었다.

백리중이 천천히 계단을 걸어 올라갔다.

그 허점을 구륜이 놓칠 리 없었다.

찰칵!

구륜의 등패에서 칼날이 튀어나왔다. 구륜은 자신을 지나쳐 간 백리중의 종아리를 칼날로 찍었다.

팍!

칼날이 백리중의 종아리에 박혔다가 빠져나왔다. 피가 뿜어졌다.

그러나 백리중은 구륜을 쳐다도 보지 않았다. 그냥 계속해서 계단을 오를 뿐이었다. 계단에 남긴 걸음마다 핏자국이 남고 있는데도.

구륜은 주먹으로 등패를 쳤다.

"제기랄!"

백리중이 자신을 안중에도 두지 않았던 이유를 깨달은 것이다.

사파인들이 백리중의 앞을 가로막으려 했지만, 구륜이 소리쳐 말렸다. 백리중의 목적은 단령경이 아니라 무암 존사였다.

사파인들이 주춤거리는 사이 백리중은 벌써 청성파의 도관을 지나 그 위쪽으로 향하고 있었다.

하나 그보다도 더 큰 문제가 있었다.

아래쪽 산문에 한 번 물러났던 무림총연맹의 뇌락검이 다시 돌아와 있었던 것이다.

구륜은 다리를 점혈하고 끈으로 묶은 후에 등패를 딛고 일어섰다.

그러곤 피가 섞인 소리로 외쳤다.

"선랑! 도대체 언제 나올 거요! 여기서 우리를 다 죽일 셈이오?"

*　　　*　　　*

백리중은 계속해서 산길을 올랐다.

걷는 듯, 뛰는 듯.

하지만 속도는 결코 느리지 않았다. 오히려 보통의 무인들이 뛰는 속도보다 훨씬 빨랐다.

힘을 줄 때마다 다친 발목에서 핏방울이 툭툭 터져 나왔지만 백리중은 인지하지도 못하고 있었다.

지금 그가 만날 상대에 대한 생각으로 가득했다.

싸움에 대한 두려움이나 공포는 아니었다. 그랬다면 자신의 몸 상태를 최고조로 끌어 올린 채, 멀쩡한 몸으로 상대했을 것이다.

과거와의 대면.

그를 만난다는 것은 일부러 미뤄 두고 외면했던 과거와 다시금 만나야 한다는 걸 의미했다.

몸이 아니라 마음이 고통스럽고 괴롭다. 백리중은 스스로 감정을 이기지 못해 주화입마를 하지 않도록 최선을 다해 마음을 다스리고 있는 중이었다.

마침내 백리중은 노소정의 정상에 도착했다.

사람 스무 명 정도가 넉넉하게 서 있을 수 있을 만한 공터와 작은 정자가 세워져 있었다.

그리고 그 정자에 붉은 천으로 눈을 가린 무암 존사가 좌정한 채 백리중을 기다리는 중이었다.

백리중은 정자로 가까이 다가가지 않고 열 걸음 정도에서 멈춰 섰다.

찌이이익!

그의 발끝 앞 바닥에 길게 검흔이 그어졌다. 한 걸음만 더 갔어도 발이 잘릴 뻔했다.

무암 존사가 어느새 팔을 옆으로 길게 뻗고 있었다. 검지와 중지의 손끝에서 투명한 김이 피어오른다.

발 아래를 내려다보고 있던 백리중이 가라앉은 목소리로 천천히 물었다.

"내가…… 두려운 모양이군?"

무암 존사가 어깨를 으쓱했다.

"글쎄. 내가 너를 두들겨 팬 기억은 있어도 맞은 기억은 없는데. 그때 몇 달 동안 일어나지도 못하고 누워서 피똥을

쌌다지?"

백리중이 손바닥을 들었다. 그 순간 무암 존사가 있던 정자의 기둥들이 터져 나가며 정자가 폭삭 주저앉았다.

콰아앙!

백리중이 잔뜩 충혈된 손바닥을 움켜쥐며 살기를 띠고 웃었다.

"그러니까 두려워해야 할 거야. 이제 내가 그 기억을 지우러 왔으니까."

第二章

소회(所懷)

　무암 존사는 언제 몸을 피했는지 무너진 정자 뒤쪽에서 잔해를 밟고 앞으로 걸어 나왔다.

　무암 존사가 갑자기 코를 킁킁거렸다.

　"피 냄새가 나는군."

　백리중이 그제야 자신의 피 묻은 종아리를 보았다.

　"모기가 물었나 보지."

　아무렇지 않다는 듯 백리중이 땅을 툭툭 찼다.

　"그럼 안 되지. 공정하지 못하잖아."

　무암 존사가 손을 앞으로 당기듯 내밀었다. 허리에 있던 평범한 청강검 한 자루가 끌려 나오면서 검집에서 검이 빠져나왔다. 무암 존사가 검을 돌려 스스로의 허벅지를 베었다.

싹!

금세 피가 흘렀다.

"굳이 그럴 필요는 없다네. 나더러 내 눈을 뽑으라고 강요하는 게 아니라면."

"아냐아냐. 이건 그냥 나 스스로의 요식 행위지. 정파인으로서 응당 이래야 한다는…… 그런 고정 관념이랄까?"

"자네가 스스로 정파인이라 칭하는 것 자체가 요식 행위가 아닌가? 남의 내자(內子)나 넘본 주제에 말일세."

무암 존사는 부정도 긍정도 하지 않았다. 대신 검을 든 채 한 걸음을 내디뎠다.

분명히 한 걸음을 걸었는데 어느새 세 걸음을 나와 있고, 다시 한 걸음을 내디뎠는데 다섯 걸음을 나와 있다. 눈 깜박하는 순간에 무암 존사는 백리중의 바로 앞까지 이르렀다.

백리중도 검을 뽑았다. 오래된 느낌이 나는 고검으로 백리가의 가보인 천주인(天朱刃)이다. 거무스름한 검신에 칼끝은 불그스름한 기운을 띠고 있는데 마치 석양이 비친 것 같은 모양새다. 백리중이 내공을 불어 넣으니 천주인의 붉은 기운이 황색으로 변했다.

둘은 한 걸음의 앞에서 검을 교환했다.

사아아악.

검날이 부딪치지 않고 서로 닿을 듯 말듯 지나치면서 부드러운 쇳소리가 났다.

사악, 사아악.

무암 존사가 사선으로 두 번을 그었다. 백리중은 천주인을 거꾸로 들어 도(刀)를 다루듯 검면으로 무암 존사의 검초를 마주쳤다. 무암 존사의 검이 천주인을 타고 매끄럽게 지나쳤다.

무암 존사가 발을 들어 백리중의 가슴을 걷어찼다.

백리중은 잔풍객의 발차기를 막을 때처럼 뱃가죽을 흡인(吸引)하여 무암 존사의 힘을 흐트러뜨리려 했다. 그러나 무암 존사는 잔풍객과 달랐다.

퍽!

백리중은 중심이 무너져 뒷걸음질을 쳤다.

무암 존사가 발을 내리며 말했다.

"내가 누누이 말했을 거야. 령령을 울리면 혼난다고. 그러니까 지금 네 몸에 새겨지는 고통을 잊지 말라고."

백리중이 표정을 가다듬고 먼저 검을 찔렀다.

천인신검!

백리중의 검초는 과격하고 강맹하다. 검기가 순간적으로 어러 민, 한 사씩이나 뻗어 나와 부암 존사의 목을 찔렀다.

무암 존사는 청성파의 보법을 밟으며 한 걸음을 물러서 좌우로 백리중의 검기를 피했다.

사악!

눈을 돌려 묶은 붉은 천의 끄트머리가 나풀거리다가 손톱만 한 크기로 잘려 나갔다.

백리중이 힘껏 숨을 불었다.

훅!

잘린 천 조각의 끄트머리가 빳빳하게 서더니 팽그르르 돌아서 암기처럼 무암 존사의 목에 박혔다. 무암 존사가 목을 옆으로 젖히며 손을 들어 천 조각을 검지와 중지로 잡았다. 하나 생각지도 못한 수였는지 이미 천 조각은 살짝 목에 박혀 있었다. 물론 잡지 못했다면 목을 관통하고 지나갔을 것이다.

천 조각을 뽑았더니 실피가 찍 새어 나왔다.

백리중이 말했다.

"잊을 리가 있나. 나는 그 후로 오랜 시간을…… 자네 생각 이상으로 긴 밤 동안 잠을 설쳤다네. 맞은 후유증과 공포를 극복하는 데 상당한 심력을 기울여야 했어."

"그런 놈이……."

무암 존사가 입을 이죽거리며 살기를 피워 올렸다.

"령령의 집안을 마교와 손잡은 역적도당(逆賊徒黨)으로

몰아서 멸문시켜?"

무암 존사가 살기를 피우며 말을 하는 틈에 백리중이 왼손 손바닥을 펼쳐서 뻗었다.

훅!

굉가부곡장의 강맹한 내력이 무암 존사를 향해 뻗어 갔다. 무암 존사가 청강검을 양손으로 잡고 내려쳤다.

사악.

굉가부곡장의 내력이 좌우로 갈라지며 소리 없이 소멸했다.

하나 백리중은 천주인을 바닥에 꽂고 다시 양손으로 굉가부곡장을 펼쳤다.

우르릉!

뇌성벽력이 울리는 소리가 났다.

무암 존사가 짧게 숨을 들이쉬며 멈추곤 연속으로 검을 베었다. 쌍장으로 내뻗은 굉가부곡장이 사방으로 잘려 나갔다.

백리중이 말했다.

"단씨 일가가 마교와 통한 건 사실이잖은가?"

"사실이 아닌 건 네놈이 더 잘 알 것인데!"

무암 존사가 발을 굴렀다.

쾅!

노암정이 진동하며 움직였다.

무암 존사의 머리카락이 위로 솟으며 하늘하늘 흔들렸다. 극도의 분노와 살기가 줄기줄기 뻗어 나갔다.

무암 존사가 몸을 돌리며 청강검을 크게 베었다. 바닥을 타고 검기가 날카로운 파도가 되어 백리중을 덮쳤다. 백리중은 진각을 밟으면서 천주인을 횡으로 베었다.

무암 존사의 검기가 가닥가닥 끊겨서 튕겨 나갔다.

무암 존사가 연이어 검기를 뿜어내며 다가서고 백리중은 뒤로 물러나며 수비적으로 무암 존사의 검기를 끊어 냈다.

사악, 사아악!

검기와 검기가 마주치며 종이를 베는 듯한 소리가 계속 났다.

"왜 단씨 가문을 모함해서 망하게 만들었지?"

분노에 찬 무암 존사의 음성이 점점 격해진다. 검도 그에 따라서 힘이 강해진다.

찟! 찌찟!

마치 뇌전이 튀는 소리가 나며 무암 존사의 검기 끝이 동그랗게 뭉치며 옥처럼 빛을 발했다.

벽랑풍운검(碧琅風雲劍)!

백리중은 마주하던 검을 회수해 황급히 몸을 낮췄다. 청강검의 검 끝에 동그랗게 말렸던 덩어리가 펼쳐지면서 채찍처럼 커다란 반원을 그렸다.

백리중의 머리 위를 지나간 검기가 아무런 소리도 없이 사방 십여 장을 횡으로 양단했다. 하늘과 땅을 바람이 가르는 듯했다.

쩌억.

백리중의 뒤로 서 있던 나무와 바위들이 그대로 갈려서 넘어갔다.

백리중은 어금니를 깨물었다.

온몸이 떨린다.

어렵다. 안 그럴 줄 알았는데 정작 무암 존사를 마주하니 두려움이 생겨난다. 마음 깊은 곳에는 아직도 그때의 공포가 남아 있어서 스멀스멀 피어오른다.

이미 실력적으로는 더 이상 무암 존사에게 뒤지지 않는다는 걸 알면서도 그렇다. 상대는 눈이 멀었으니 어쩌면 자신이 조금은 더 유리할 수도 있다는 생각이 드는데도 그렇다.

백리중은 훌쩍 뒤로 뛰어 물러난 후 입을 열었다.

"이십 대 후반이었지……."

무암 존사가 거칠게 호흡하며 백리중의 말을 들었다.

"내가 내자(內子)와 혼인한 지 얼마 안 되었을 때였을 거야. 자네가 나를 찾아와 무자비하게 폭행했었지."

무암 존사가 대꾸했다.

"그랬지. 어떤 얼굴 반반한 기생오라비 같은 놈이 나와 장래를 약속한 처자를 후려서 데리고 갔다는데 화가 나지 않을 도리가 있나."

"장래를 약속해? 자네가? 청성파의 차기 장문인감이자 차세대 일도(一道)의 후보였던 자네가? 다른 이들은 몰라도 환속이 불가능한 장문 직계의 대제자가?"

"나는 령령을 위해 모든 것을 포기하기로 했다. 그 각오를 령령에게 말하러 가던 길이었어."

"자네의 심각한 착각에 대해 말해 주겠네. 내자는 자네 신분을 알고 있었고, 또 그래서 미래에 대한 언약은 생각해 본 적도 없다고 실토했다네. 그냥 자네 혼자 헛물만 켠 거야. 알겠나?"

"그럴 리가 없어. 령령은 지금까지도 나에 대한 마음이 식지 않고 있었어. 자네가 억지로 데려가지 않았다면 령령은 반드시 내게 왔을 것이야."

"거슬리는군. 억지로, 라니. 내가 정확하게 그에 대해 대답해 주겠네. 내게 먼저 접근한 건 내자였다네. 내가 아니라."

"아니, 령령은 나와 잘 만나고 있었어. 그리고 어쨌거나 원흉은 자네야. 자네만 아니었으면 령령은 날 떠날 일이 없었어."

백리중은 내공을 끌어 올리며 다시금 천주인을 들었다.

몸을 회전시키며 아래에서 위로, 좌에서 우로 연속해서 원을 그렸다. 무암 존사는 백리중과 반대로 회전하며 똑같이 검을 맞댔다.

사악, 사악.

검기끼리 얽히는데 조금도 거슬리지 않고 매끄럽게 부딪치며 지나간다.

백리중의 검세가 연신 상쇄됐다. 돌연 백리중이 원이 아니라 직선형의 검세로 바꾸었다. 아래로 원을 그리다가 역으로 틀어서 천주인을 치켜들었다.

무암 존사가 발을 들어서 천주인이 돌아가는 순간 검면을 발로 밟았다. 천근의 힘이 천주인을 억눌렀다. 백리중은 검을 비틀어서 천주인을 빼내고 옆으로 몸을 돌리며 위에서 아래로 휘둘렀다.

무암 존사가 왼손으로 검결지를 쥐어 턱에 가져다 댔다가 앞으로 뻗었다.

청성파의 지풍. 가까운 거리에서의 지풍이 백리중의 어깨를 뚫었다. 그래도 백리중은 끝까지 천주인을 휘둘렀다.

사악.

무암 존사의 눈을 가리고 있던 붉은 천이 잘려 나갔다. 칼로 마구 헤집은 듯 끔찍한 흉터가 징그럽게 난 무암 존사의 눈이 드러났다. 콧등과 이마에 한줄기 혈흔이 생겨서 핏방울이 맺혔다.

무암 존사가 콧잔등을 찌푸렸다.

"이런, 내가 가장 아끼던 천이거늘."

물러난 백리중이 숨을 들이쉬며 손바닥으로 가슴 위를 쳤다.

퍽! 퍽!

지풍에 막힌 기혈이 뚫렸다. 마비가 된 어깨를 풀며 백리중이 말했다.

"내 내자가 예전에 준 선물이었겠지."

"잘 아는군."

백리중의 눈썹이 꿈틀거렸다.

"그런데 조금 거슬리는군. 남의 내자를 자꾸만 아명으로 부르다니. 그거 아주 못된 버릇일세?"

"지금은 그 이름으로 부르기 딱 좋은 날이 아닌가. 어차피 둘 중 하나는 죽어야 하고, 우리는 과거에 묶여 지금에 싸우는 중이니까."

"그건 일리가 있군."

잠시 말이 끊겼다.

타인의 아내를 어떻게 부르는 게 맞는 것일까.

그러나 사실 누가 옳은지 따지는 건 무의미했다.

이미 수십 년 전의 기억.

젊은 혈기와 감정이 이성을 앞서던 때.

둘은 여전히 그때의 감정으로 상대하고 있었으므로.

백리중이 다시 말을 이었다.

"나는 신혼 때 얻어맞은 충격이 너무 크고 공포스러워서 자네 말대로 한동안 일어나지도 못했고 검을 잡지도 못하였네."

"그럼 똑바로 잘 살았어야지."

"아무리 그래도 자네가 최악의 금기만 지켜 줬더라면 이렇게까지는 상황이 되지 않았을 거야."

마침내 가슴속에 담고 있던 얘기가 흘러나왔다. 둘 다 그것을 느꼈다.

백리중은 얼굴이 일그러지려는 것을 참으려 했다. 하나 어차피 무암 존사는 자신의 표정을 보지 못한다.

백리중은 굳이 참지 않고 경멸의 표정을 마음껏 드러냈다.

"내자가 임신을 했어."

무암 존사의 칼끝이 흔들렸다. 눈을 가리고 있었지만 눈이 드러난 채였다면 눈빛이 흔들렸을 터였다.

백리중이 놓치지 않고 공격했다. 속도는 아까보다 느려졌지만 여전히 검에서는 소리가 나지 않았다.

무암 존사는 생각보다 뒤늦게 백리중의 검초를 알아챘다. 청강검으로 검초를 막았지만 기세가 밀렸다.

사악, 사악.

백리중은 분노한 표정과 달리 손에서는 힘을 뺐다. 마치 무암 존사의 검처럼 백리중의 검이 넘실거리며 무암 존사의 검을 타고 넘었다.

무암 존사가 손목을 이리저리 꺾었다. 청강검의 손잡이 앞에 달려 손을 보호하는 원 모양의 칼날 막이로 백리중의 칼끝을 막았다.

탁, 타닥.

백리중이 이를 갈았다.

"나는 자네에게 맞은 충격으로 꽤 생각보다 오래 남자 구실을 할 수가 없었다네. 당연히 합방은 꿈에도 못 꾸었지. 하면 그 아이는 누구의 아이인가?"

무암 존사의 호흡이 거칠어졌다.

집중이 어려워져 내공의 흐름이 원활치 못했다. 둘과 같은 고수들에게 순간적인 빈틈은 치명적이다. 어지간하면 큰 동작으로 위력이 큰 초식을 쓰지 않는 것도 빈틈을 보이지 않기 위해서다.

뚝, 뚜둑.

칼날 막이가 천주인에 잘려 나갔다. 백리중이 천주인을 뒤집었다.

사악.

다시 종이를 베는 소리가 났다.

백리중이 강력하게 무암 존사를 몰아붙였다.

"내자가 자네를 싫어했다는 증거를 말해 줄까? 내자는 스스로 자신의 아이를 죽였다네. 내게 자신의 마음을 증명하기 위해서."

무암 존사가 몰리다가 더 궁지에 몰리면 안 된다는 걸 깨닫곤 내공을 폭발시키듯 힘껏 내뿜었다. 내공 소모가 극심한 수법이다.

퍼엉!

백리중이 발을 끌며 뒤로 밀렸다. 무암 존사가 거칠어진 호흡으로 강하게 부인했다.

"네놈이 령령과 단씨 가문을 역도로 몰아붙여서 멸문에 이르게 하지 않았느냐! 그러니까 스스로 아이를 죽여 네게 복수를 한 것이지!"

백리중이 단령경과 혼인한 지 오 년째.

단씨 가문은 마교로 몰려 무림총연맹에 의해 멸문했다.

그리고 단령경은 최악의 선택을 했다.

자신의 아이를 죽인 것이다…….

더구나 자신의 사돈 가문을 공격하는 데 가장 앞장선 게 다름 아닌 백리중이었다.

하여 세간에서는 온갖 흉흉한 소문이 나돌았다. 단령경

이 미쳤다고도 하고 정말로 마교에 심취해서 아이를 제물로 바쳤다는 소문도 있었다.

하나 그중에서 가장 설득력이 있던 소문은 백리중에게 복수하기 위해 백리중의 씨를 남겨 두지 않겠다는 복수의 의미로 아이를 죽였다는 소문이었다.

그러나…….

그게 백리중의 아이가 아니었다면?

백리중이 눈을 치켜뜨고 이를 갈았다. 달려들어서 검을 휘둘렀다. 무암 존사도 밀리지 않고 검을 맞댔다.

백리중이 검을 뉘여 직접적으로 맞대는 것을 막았다. 그러곤 그 상태로 흘리듯 베었다. 무암 존사의 팔뚝이 베였다. 무암 존사도 동시에 백리중의 가슴을 베었다.

둘이 동시에 물러났다. 물러나면서 둘 다 다시 칼을 휘둘렀다. 무암 존사는 백리중의 팔을 베었고, 백리중은 무암 존사에게 상처를 남기는 데 실패했다.

백리중이 외쳤다.

"내 아이가 아닌데 내게 복수하려 죽였다? 말이 되는 소리를 해야지!"

무암 존사는 대답하지 못하였다. 마음이 심란해졌는지 손발이 어지러워졌다.

백리중이 연신 무암 존사를 몰아붙였다. 무암 존사는 거푸 백리중의 공세를 막기에 급급했다. 어느새 이마에는 땀 방울까지 흘렀다.

"설마 이제 와 부인하는 건 아니겠지? 내 아이도, 자네 아이도 아니라면 그건 누구의 아이지?"

둘의 몸에는 계속 상처가 생겨났다. 움직일 때마다 핏방울이 튀었다. 주로 백리중의 몸에 난 상처였다.

사악, 사아악!

종이를 베는 듯한 소리도 미세하게 섞였다.

벌써 수십 초를 겨루었다.

깊은 상처는 없었지만 백리중은 여러 군데를 베여 피가 흥건했다.

백리중이 조금씩 숨을 몰아쉬었다. 싸움이 길어질수록 실력의 차이가 약간씩 드러나고 있었다.

백리중이 소리쳤다.

"결백하다면 대답해 보아라! 자네 아이가 맞으니 아무 말을 못 하는 것이 아닌가!"

백리중은 여러 개의 검기를 뿌려 놓고 무암 존사를 혼란시켰다가 힘을 응축시킨 후 단번에 폭발시켰다. 백리중이 무암 존사를 강하게 내려쳤다. 무암 존사가 검기를 일일이 막아서 흩어 놓고 백리중의 검을 마주쳤다.

챙!

처음으로 청명한 소리가 울려 퍼졌다. 하나 그 순간 무암 존사는 청강검에서 난 소리가 이상함을 깨달았다. 무암 존사의 표정이 변했다.

"이놈이?"

"너무 늦게 깨달았구나!"

백리중이 다시 한번 온 힘을 다해 내려쳤다. 무암 존사는 차마 백리중의 검을 맞대지 못하고 피했다.

"음험한 놈 같으니."

무암 존사가 이를 갈았다.

백리중은 처음부터 무암 존사가 눈이 먼 것을 이용해 소리 없는 검초를 썼다. 예리한 칼날이 허공을 가를 때 나는 특유의 파공음이 들리지 않도록, 검초의 속도는 느려도 최대한 조용하게 검을 휘둘렀다.

그런데 그 중간에 유독 사악거리는 소리가 미세하게 있었다. 그것은 검기가 스치는 소리가 아니라 백리중이 천주인으로 청강검의 검날을 벤 소리였다. 백리중은 조금씩, 조금씩, 무암 존사가 눈치채지 못하게 청강검에 흠집을 냈다.

천주인은 백리가의 보검이고 무암이 든 것은 평범한 청강검.

눈에 띄는 흠집이 아니더라도 막대한 내공을 실을수록 칼에 무리가 간다.

그렇게 충격이 누적되면.

쩡!

칼이 깨진다.

천주인이 청강검을 반토막 내며 무암 존사의 어깨를 그대로 베어 갔다. 무암 존사는 유운신보를 밟아 뒤로 미끄러지듯 물러났다.

백리중은 이번에 실패하면 승기를 다시 잡기 어렵다는 걸 알고 있었다.

끝까지 따라잡으며 굉가부곡장으로 무암 존사의 움직임을 봉쇄하고 무암 존사의 다리를 천주인으로 찍었다. 무암 존사가 스스로 벤 쪽이 아닌 반대쪽 허벅지를 천주인이 관통했다. 무암 존사의 이마에 핏줄이 돋았다.

무암 존사는 자신의 다리가 관통됨과 동시에 손바닥으로 백리중의 턱을 올려치며 다른 손으로 다리의 오금을 걸었다.

휘리리릭!

백리중이 옆으로 반 바퀴를 돌아 넘어졌다. 백리중이 낙법을 써서 바닥을 손으로 치고 일어나려는데, 무암 존사가 손을 갈퀴처럼 만들어 백리중의 발목을 손으로 찍었다. 백리중이 몸을 굴려 피했지만 정강이가 찍혔다.

정강이뼈를 손가락이 뚫고 들어갔다. 백리중은 다른 발

로 무암 존사의 어깨를 밀어 찼다. 무암 존사의 어깨가 뒤로 밀리면서 손가락이 빠졌다.

백리중은 천주인을 당겨서 무암 존사의 허벅지를 반이나 갈랐다. 무암 존사는 바로 자신의 다리 혈도를 짚어 지혈함과 동시에 반대쪽 장으로 백리중의 가슴을 쳤다.

대라수(大羅手)!

백리중이 양팔로 대라수가 완전히 펼쳐지기 직전에 막았다.

펑!

백리중이 천주인을 쥐고 뒤로 날려 가면서 무암 존사에게 지풍을 날렸다. 무암 존사가 기합으로 지풍을 날렸다.

"합!"

퍼펑!

백리중은 손을 짚고 튕기듯 일어나곤 천주인을 바닥에 박은 채 다시 한번 쌍장으로 굉가부곡장을 날렸다.

다리를 쓰지 못하는 무암 존사는 호신기를 끌어내어 몸으로 받아 낼 수밖에 없었다.

우르릉!

막대한 내공이 무암 존사와 그 뒤의 지형까지 휩쓸고 지나갔다. 무너진 정자의 잔해가 절벽 바깥으로 떠밀려 날아갔다.

무암 존사가 코와 입에서 피를 뿜었다. 눈가에도 피가 맺혀 있었다.

백리중이 물었다.

"말해 봐라. 그럼 누구의 아이지? 나의 내자는 누구의 아이를 잉태하고 있었던 것이지?"

무암 존사는 반 토막이 난 검으로 땅을 찍고 일어섰다. 백리중도 다리를 절었다. 그러나 무암 존사는 양다리를 다쳤고 백리중은 다친 다리를 찍혔다. 누가 우세한지는 더 말할 필요가 없다.

"후."

무암 존사는 한숨을 내쉬더니 마침내 입을 열었다.

"내가 말한다고 하면 믿을 거냐?"

"말이나 해 봐라."

무암 존사가 웃으며 말했다.

"내 아이야."

백리중이 조롱하며 비웃었다.

"그러면 왜 자네 아이와 여자를 구하러 오지 않았나? 단씨 가문이 멸문당하는 날에도 청성파에 숨어 코빼기도 비치지 않았지, 아마."

"내가 가만히 있었을까? 검을 쥐고 뛰쳐나가다가 스승님께 들켜서 혼나고 얻어맞고…… 다리가 부러져 참회동에 갇혀 울부짖었다. 일 년을 그러고 있다가 나오니 더 이상은 내가 손쓸 수 없는 상황이 되어 있더군."

"좋은 변명거리로군. 사문이라는 건 이럴 때 면피 구실로 이용하기 딱 좋지."

"변명? 이 눈이 그때 내가 느낀 좌절의 흔적이거늘!"

"제 눈을 파는 놈은 좌절이 아니라 미친놈이야."

백리중이 살기를 극도로 높이며 무암 존사에게 달려들었다. 무암존사가 쌍장으로 바닥을 치고 몸을 띄워 검지와 중지의 검결지로 검기를 뿜었다.

그러나 보검의 예리함이 더해진 진검의 검기를 당해 내긴 어려웠다. 천주인의 검기에 부딪친 무암 존사의 검기는 오래 버티지 못하고 끊어졌다.

하지만 무암 존사의 목적은 다른 데 있었다. 무암 존사가 고도의 집중력을 발휘해 백리중의 천주인 검면을 좌우에서 장으로 때렸다. 위아래로 엇비스듬히 장을 때려 검을 부수는 청성파의 독문 파검술이다.

짧은 순간에 백리중의 눈가에도 긴장감이 어렸다. 무암 존사의 장이 좌우에서 엇갈리게 검면을 쳤다.

떠어엉!

하지만 분명히 천주인의 검면을 때렸는데도 검이 깨지거나 토막 나지 않았다. 무암 존사의 장이 천주인의 검면에

붙었다.

무암 존사가 눈을 치켜뜨고 백리중을 노려보았다. 무암 존사는 이것이 무슨 수법인지 바로 알아보았다.

"드디어 본색을 드러내는구나!"

백리중이 옥허구광 오뢰합마공의 구결로 무암 존사의 손바닥을 잡아당긴 것이다.

백리중의 몸 안에서 소용돌이가 일며 옷자락이 마구 나부꼈다. 무암 존사도 마주 옥허구광 오뢰합마공을 일으켰다. 청성파의 내공심법을 옥허구광 오뢰합마공의 방식으로 일으켜 상대하는 것이다.

"무용(無用)! 옥허구광 오뢰합마공을 만들어 낸 것이 누구인지 잊었는가!"

"기존의 두 무공을 하나로 합쳤다고 본인이 대종사쯤 된다 착각하나!"

천주인을 두고 백리중과 무암 존사의 내공이 서로 격돌했다. 천주인이 부르르 떨어 댔다. 무수한 소용돌이들이 천주인의 검신을 사이에 두고 부딪치고 있었다.

백리중은 천주인을 옆으로 비틀려고 하고 무암 존사는 검면을 양옆에서 누른 채 막으려 했다.

투툭.

무암 존사와 백리중의 코에서 고피가 터서 나왔다. 둘 다

한 치의 양보도 없었다. 하지만 여전히 칼이 비틀리지 않는 것으로 보아 무암 존사 쪽이 조금 더 유리해 보였다.

무암 존사가 눈을 부릅뜨고 이를 갈았다.

"나는 네놈이 령령을 닦달해 옥허구광 오뢰합마공의 구결을 얻어 낸 걸 알고 있었다. 그래 봐야 후반 구결을 얻지 못하였으니 잘해야 다섯 번째 둑밖에 이르지 못했겠지. 하나 나는 삼십 년 전에도 이미 여섯 번째 둑을 넘어서 있었다. 그런데 같은 내공으로 나를 이기려 들어?"

백리중도 살기 띤 표정으로 이를 드러냈다. 잇새에 피가 맺혀 있었다. 그러나 백리중의 눈빛이 웃고 있었다.

"미리 말하지 못해서 미안한데, 나는 칠광제를 넘어선 지 오래야."

"뭣이?"

그 순간 백리중의 얼굴 핏줄이 한꺼번에 돋아났다.

지금과는 다른 힘이 천주인을 통해 무암 존사에게 전해졌다. 균형이 무너졌다. 백리중이 온 힘을 다해 천주인을 비틀었다.

후두둑!

무암 존사의 잘린 손가락들이 허공을 날았다.

백리중은 천주인을 들어 무암 존사의 어깨를 찍었다.

칵!

어깨와 늑골을 자르고 심장 위까지 천주인이 베고 들어 갔다.

심장 바로 위에서 백리중이 검을 멈추었다. 무암 존사는 자리에 주저앉았다.

"헉헉."

백리중이 얼굴에 온통 핏발이 선 채로 숨을 헐떡였다.

무암 존사는 자신의 죽음을 직감하고 담담한 표정을 지었다.

"왜…… 멈추었지?"

"할 말은, 해야 하니까."

백리중이 무암 존사를 내려다보며 말했다.

"사실 알고 있었다네?"

"뭘?"

"아이의 아빠가 누구인지."

무암 존사는 생기를 잃어 가는 눈으로 백리중을 올려다 보았다. 백리중은 생각만 해도 이가 갈린다는 표정을 지었다.

"광명정사. 마교의 광명정사 야율환!"

무암 존사의 표정이 묘해졌다. 그러나 그건 백리중의 말 때문이 아니었다.

"아아, 최악이군. 도대체 여길 왜 온 거요."

노소정에 단령경이 와 있었다.

단령경은 내공을 적잖이 끌어 올려서 머리카락이 하늘로 치솟아 있었다. 비어 있는 한쪽 팔의 옷자락이 끊임없이 펄럭였다.

잠시간 백리중의 눈길이 단령경의 팔로 갔다가 돌아왔다.

단령경이 말했다.

"그를…… 살려 줘."

백리중은 고소를 지었다.

"잘 왔군. 죽여야 할 것들이 다 한자리에 모였어."

백리중이 천주인을 쥔 손에 힘을 주었다.

무암 존사가 왈칵 피를 뿜었다.

"쿨럭!"

단령경은 분노로 얼굴이 새빨개졌다.

"그만해. 이만큼 했으면 됐잖아?"

"뭐가 됐다는 건지 모르겠군. 수십 년 만에 만나서 하고 싶었던 말이 겨우 그뿐인가."

백리중이 하늘로 고개를 들더니 갑자기 생각난 듯 말했다.

"맞아. 생각해 보니 내게 그리 말한 적이 있었지. 내자가 말하더군. 차라리 무암을 선택했으면 지금보다는 나았을 거라고."

"……."

무암 존사가 실소했다.

"어이어이, 아까는…… 내가 헛물만 켰다고 하지 않았냐. 령령이 나와의 미래는 꿈도 꿔 본 적이 없다고 했잖아."

백리중은 표정 하나 변하지 않고 말했다.

"자신이 믿고 싶은 얘기만 골라 믿는군. 언제부터 내 말을 그리 잘 믿었다고?"

"허어, 이런 개새끼를 보았나."

"나이를 헛으로 처먹었군. 진실은 죽은 자가 아닌 산 자의 입에서 나오는 법이라네. 그것이 세상의 진리지."

무암 존사가 단령경을 쳐다보며 씁쓸한 표정을 지었다.

"령령, 미안하오."

"미안할 것 없어요."

단령경이 한숨을 내쉬었다.

"옥허구광 오뢰합마공의 존재를 알고 내게 접근한 것도, 나를 이용해 당신에게 나머지 구결을 빼앗게 한 것도 모두 저자예요. 그리고 나는…… 오히려 당신에게 사과하여야만 해요."

"하지 마시오."

"아니, 지금이 아니면……."

무암 존사가 희미하게 웃었다.

"나는 이미 알고 있소."

단령경은 입을 다물었다. 백리중의 입술이 일그러지고 눈썹이 치켜 올라갔다.

"다 알고 있다고? 지금 다 알고 있다 했나?"

"그래. 네가 령령에게 광명정사를 만나 후반 구결을 얻어 오라고 시킨 걸 알고 있다. 넌 나를 대하기 두려워 령령을 이용했어."

단령경이 고개를 끄덕였다.

"나와 광명정사가 만나고 있는 걸 소문내겠다고 령령을 협박해서 한 일이지. 반대로 광명정사에게는 나를 만나는 걸 강호에 알리겠다며 협박했다지?"

"맞아."

"그는 내가 령령 때문에 마음을 잡지 못하고 흔들린 것을 매우 안타까워했어. 그리고 한편 분노했지. 내가 령령에게 옥허구광 오뢰합마공을 몰래 건넨 것에 대해서도."

그때 마침 백리중의 협박에 못 이긴 단령경이 광명정사 야율환을 만나러 가게 된 것이다.

야율환은 단령경을 좋게 보지 않았다. 다른 남자와 혼인하였으면서 무암 존사를 꼬드겨 비급을 빼냈다고 생각했다.

하물며 자신을 찾아와 협박하기까지 하였으니…….

거기에서 비극이 벌어지고 말았다.

야율환은 나중에 진실을 알고 크게 자책했으나 차마 무암 존사에게 말하지 못하고 숨기며 살았다.

무암 존사가 힘겹게 고개를 들어 백리중을 쳐다보았다.

"네놈이 알고 있다고 하니 갑자기 떠오르는 게 있구나. 십 년 전에 야율환, 그 친구가 갑자기 다짜고짜 내게 용서를 기다리겠다며 떠났어. 그것도 네놈이 관계된 일이냐?"

백리중이 미간을 찌푸린 채로 말했다.

"선택하라고 했을 뿐이네. 청성파가 단씨 일가처럼 마교와 협잡한 죄로 멸문하길 바라느냐. 아니면 친구가 자신이 사모하던 여인을 겁탈한 걸 알길 바라느냐. 그랬더니 스스로 우리 쪽으로 들어오더군."

"그래. 그래서 난 십 년간 계속 생각했지. 그 친구가 잘못한 게 무엇일까…… 그리고 생각 끝에 결론을 내렸지. 아마도 그건……."

무암 존사는 차마 말을 맺지 못하고 입을 다물었다. 대신 백리중을 노려보며 말했다.

"다 네놈 탓이다! 네놈이 아니었다면 이 모든 일은 일어나지 않았을 거야!"

백리중이 검을 비틀었다. 무암 존사의 어깨 깊숙이 박힌 칼이 뼈를 긁으며 돌아갔다.

무암 존사가 숨을 헐떡이며 이를 악물고 말했다.

"이놈아! 원망하려면 차라리 나 하나를 원망하는 것으로 족하지 그랬느냐!"

"원망해?"

백리중이 "허허" 하고 웃었다.

"자네와 마교도의 관계를 알고 내가 얼마나 좋은 기회라고 생각했는데. 공포를 딛고 나서 내가 무얼 할 수 있는지 깨닫고 얼마나 좋아했는지 아나?"

"그러니까 네놈이 개새끼인 게다."

"흠."

백리중은 웃음을 지우고 서서히 살기를 끌어 올렸다. 무암 존사의 목숨이 경각에 달했다.

단령경이 어금니를 깨물고 외팔을 들었다. 팔에 감긴 긴 천이 날을 세우며 천천히 풀려 나왔다.

"그를 놓아주지 않으면 당신은 이곳에서 죽어."

백리중은 잠시 생각하는 듯하다가 말했다.

"살려 주지."

뜻밖의 말에 단령경의 눈이 움찔했다.

"뭐?"

"내 말에 올바로 대답하면 둘 다."

무암 존사는 이미 죽음이 코앞에 다가와 시커메진 눈가

로 단령경에게 말했다.

"난 이미 글렀소. 저놈의 장난질에 현혹되지 말고 어서 동료들을 데리고 떠나시오."

"아니, 당신은 살 수 있어요. 반드시 살 거예요."

백리중이 재밌다는 듯한 표정으로 자신의 할 말을 했다.

"독룡이 귀주 지부를 찾아가 광명정사를 만났더군. 귀주 지부가 끝장났다. 참으로 귀찮은 놈이야."

진자강이 야율환에게서 옥허구광 오뢰합마공을 얻는 데 성공한 모양이었다. 야율환도 현교로 돌아갈 테니 무암 존사도 마음의 짐이 한결 덜어지는 셈이었다.

백리중이 물었다.

"그런데 왜 내가 귀주로 가지 않고 이곳으로 왔을까?"

무암 존사는 백리중의 물음에 묘한 느낌을 받았다.

하기야 옥허구광 오뢰합마공의 후반 구결이 목적이라면 진자강을 찾아가는 게 훨씬 빠를 터다. 아니, 어쩌면 언제든 잡을 수 있어서 내버려 둔 것일까?

그런데 그걸 물은 게 아닌 것 같은 기분이 든다.

백리중이 다시 물었다.

"옥허구광 오뢰합마공에 대해 내가 아는 건 오광제뿐이다. 그런데 내가 어떻게 칠광제까지 쌓게 되었을까."

섬뜩.

백리중의 미소에서 무암 존사는 섬뜩한 기분을 느꼈다.

백리중이 알고 있는 옥허구광 오뢰합마공은 단령경을 통해서 얻은 것일 터였다. 무암 존사는 단령경에게 구결을 알려 줄 때 일부러 현교의 용어를 쓰지 않았다.

그런데 왜 백리중은 칠광제라는 단어를 쓰고 있는 것인가!

죽어 가는 와중에도 온몸에 소름이 돋았다.

자신의 생각보다 백리중이 더 깊고 넓게 손을 뻗치고 있다는 걸 깨달았다.

"령령! 달아나시오!"

피식.

단령경이 이유를 몰라 어리둥절해하고 백리중이 실소를 짓는 순간.

무암 존사는 마지막 힘을 다해 일평생 최고의 내공을 끌어 올렸다.

청성파의 내공이 소용돌이가 되어 전신기혈에서 들끓었다.

손가락이 없이 남은 손바닥만으로 천주인을 잡았다. 깜짝 놀란 백리중이 천주인을 비틀어 빼내려 했으나 무암 존사는 백리중이 했던 것처럼 흡인으로 백리중의 손을 당기고 놓아주지 않았다.

무암 존사는 정(精)을 뇌로 끌어 올리는 도가의 선술을 이용해 머리로 내공을 끌어당겼다.

환정보뇌(還精補腦)의 법.

그러곤 지체 없이 바닥에 머리를 박았다.

쾅!

머리로 박은 부분에서부터 순식간에 사방으로 균열이 퍼져 나갔다.

이어 노소정 전체가 흔들리며 거대한 땅울림이 일었다.

쩌어억!

무암 존사가 있던 자리가 무너져 내리기 시작했다. 백리중도 함께.

"무암 오라버니!"

단령경이 피견을 뻗어 무암 존사를 구하려 했으나 무암 존사는 눈도 보이지 않는데 단령경이 뭘 하려는지 안다는 듯 떨어져 내리면서까지 고개를 저었다. 머리가 깨져 피투성이가 된 채 희미하게 미소까지 지어 보였다.

노소정은 청성산에서 가장 높은 봉우리다. 바닥까지는 까마득하다. 떨어지면 시체도 찾기 어려울 정도다.

백리중은 허공에서 무암 존사의 몸을 장으로 치고 천주

인을 빼내 휘둘렀다. 무암 존사의 목과 몸통이 여러 조각으로 나뉘어졌다.

백리중은 떨어지는 돌을 밟으며 위로 뛰어오르려 했다.

붉어진 단령경의 두 눈에 핏발이 일었다.

으드드득!

단령경은 내공을 극한까지 끌어 올려 절벽 아래로 장을 퍼부었다.

"죽어…… 이 저주스러운 악귀!"

펑! 퍼퍼펑!

조금이라도 백리중이 밟을 만해 보이는 돌은 모두 부숴 버렸다.

쿠르르르.

봉우리 끝이 계속해서 무너져 내리며 흙먼지가 자욱해졌다.

백리중은 더 이상 뛰어서 밟을 돌이 없어지자, 떨어지면서도 무서운 표정으로 단령경을 노려보았다. 천주인의 검 끝으로 단령경을 가리키곤 자신의 손가락으로 목을 베겠다는 표시를 해 보였다.

단령경은 힘을 다해 다시 일장을 날렸다.

펑!

백리중은 단령경의 일장을 막아 냈으나 밀어내는 힘 때

문에 떨어지는 속도가 더 빨라졌다. 백리중은 금세 흙먼지의 구름에 파묻혀 더 이상 보이지 않게 되었다.

"헉, 헉헉. 헉!"

단령경은 온몸이 땀으로 젖어서 망연자실 아래를 쳐다보았다.

다리가 후들거리고 금방이라도 주저앉고 싶었지만 이를 악물고 참았다.

이대로 주저앉으면 무암 존사의 죽음에 누가 된다.

단령경은 부서져라 이를 물고 또 물어서 눈물을 참으며 돌아섰다.

무암 존사가 동료들이 와 있다고 했다.

죽어 가면서까지 자신을 걱정해 준 그의 목소리가 귓가에 남아 울렸다.

하나, 갑자기 달아나라고 한 이유는 무엇인가.

왜 그가 그런 말을 한 것이었을까.

*   *   *

"반항하는 자는 지체 없이 죽여라."

뇌락검 엽진경의 명령에 백호지황각과 검호대의 무사들이 청성산의 사파인들을 공격했다.

뇌락검 엽진경은 기회를 놓치지 않았다. 남이 다 해 놓은 먹이를 주워 먹는 기분이 들었지만 조금의 공이라도 더 세우려면 어쩔 수 없는 노릇이었다.

이미 백리중에 의해 심각한 타격을 입은 사파인들은 기세등등한 무림총연맹 무사들을 상대하기가 어려웠다.

외다리가 된 팔비마걸 구륜과 인마 감충이 분전하고 있었지만 한계가 있었다. 사파인들은 계속해서 산 위쪽으로 몰렸다. 산 위에서 뭔가 한 차례 산사태 같은 울림이 있었으나 도무지 무슨 일인지 아래에서는 알 길이 없었다.

"선랑은 아직인가?"

"이러다 우리 다 죽겠어!"

벌써 수가 스무 명도 남지 않았다.

팔비마걸 구륜이 소리 질렀다.

"처음부터 각오하고 온 거잖아! 약한 소리 말고 버텨!"

구륜은 백호지황각의 무사들을 상대하다가 삐죽하게 튀어나온 정강이뼈가 계단에 걸려 넘어졌다. 백호지황각 무사들이 이리떼처럼 달려들어 구륜에게 창과 칼을 찔러 댔다. 등패로 막았지만 등패도 너덜너덜하게 갈려 있다. 그마저도 꿰뚫리면 죽는 것이다.

"제기랄! 내가 이런 피라미들에게 죽다니!"

구륜이 억울하다는 듯 소리쳤다.

그때 갑자기 뒤로 자빠져 있는 구륜의 위로 피가 흠뻑 쏟아졌다.

데구루루.

구륜의 옆으로 머리들이 굴렀다. 방금까지 구륜을 공격하던 백호지황각 무사들의 머리다.

"어?"

구륜의 눈에 허공을 누비는 긴 천이 보였다. 단령경이 어깨에 감고 다니는 피견이었다.

"선랑!"

단령경이 피견을 휘날리며 싸움터를 휘젓고 있었다.

"늦어서 미안하네!"

단령경은 확실히 예전의 몸 상태를 되찾았다. 한 팔을 잃었지만 몸놀림이 그리 어색하지 않았다. 몸놀림 자체는 훨씬 좋아진 듯 보인다.

피견이 허공을 가를 때마다 무사들의 목이 잘려 나간다.

뇌락검 엽진경이 나섰다. 백리중에게 큰 먹잇감을 빼앗기게 되어 속이 쓰리던 차에 단령경이라는 먹이를 만났으니 놓칠 수 없었다.

산동요화를 잡는다면 지금까지의 실패는 만회하고도 남을 만하다.

"그대가 산동요화인가? 명성은 익히……."

한데 엽진경이 나서는 중에 갑자기 뒤에서 엽진경을 부르는 소리가 들렸다.

"잠깐."

엽진경이 돌아보니 아미파의 나이 든 여승이었다. 깡마른 체구인데 왼쪽 눈을 안대로 가리고 있었고, 인상은 굉장히 날카로워 보였다.

'아미파의 비구니가 왜?'

第三章

혹

엽진경은 자신을 막은 아미파의 여승이 다소 불쾌해져서
물었다.

"무슨 일이오?"

그때 옆에서 갑자기 검호대 복장의 무사가 엽진경에게
다가왔다.

"각주님, 드릴 말씀이 있습니다?"

엽진경은 짜증이 났다. 한낱 검호대 무사 주제에 감히 끼
어들 데 아닐 데를 모르고 중요한 순간에 말을 건단 말인
가.

검호대 무사는 삿갓을 쓰고 고개를 숙여 얼굴을 가렸는

데 얼핏 보기에도 굉장히 나이가 들어 보였다. 물론 목소리도 그러했다.

"지금 무슨 얘기를 하겠다는 거야. 내가 그리 한가해 보여?"

"중요한 일이라 그렇습니다."

"나이를 먹었으면 상황 파악을 할 줄 알아야지, 뭔데 검호대에 이렇게 늙은 것이 있어?"

그 순간 나이 든 검호대 무사가 엽진경의 옆구리를 손으로 찔렀다. 손끝이 시퍼런 것이 극도의 살기 어린 내공이 감돌고 있었다.

엽진경은 대경실색해서 몸을 틀며 뒤로 물러났다.

그러자 갑자기 뒤에 서 있던 아미파의 여승이 검을 들어 엽진경을 쳤다. 엽진경은 바닥을 굴렀다. 하나 자신의 검을 뽑을 틈도 없이 등허리에 한 칼을 허용했다.

"크윽!"

세 바퀴를 굴러 일어난 엽진경은 아미파의 여승이 든 검이 굉장히 특이하다는 걸 알았다.

거무죽죽한 색인데 핏줄처럼 빨간 혈선이 검신 전체에 뻗어 있었다.

"불살검! 마사불이로구나!"

엽진경이 힘껏 뛰어오르며 소리쳤다.

"아미파의 마사불이 내게 무슨 원한이 있어 나를 공격하느냐!"

마사불 묘월은 개의치 않고 공중에 뛰어오른 엽진경을 공격했다. 난풍파검의 검기가 흩날리는 낙엽처럼 궤적을 알 수 없이 엽진경에게 날아들었다.

"성불하시게!"

엽진경이 이를 갈았다.

"멀쩡한 사람을 죽이려 들다니! 미쳐도 단단히 미쳤구나!"

엽진경은 검을 뽑으려 했다. 그런데 그때에 갑자기 그의 머리 위로 그림자가 드리워졌다.

아까의 나이 든 검호대 무사가 자신의 머리 위쪽으로 뛰어올라 있었다. 장화를 신은 발로 자신의 어깨를 밟았는데, 감촉이 이상했다.

'양쪽이 모두 목발!'

망료가 천근추로 엽진경의 어깨를 짓눌렀다. 엽진경은 무거운 바윗덩어리에 눌린 것처럼 공중에서 바닥으로 추락했다. 묘월이 펼치고 있는 난풍파검의 검기가 엽진경의 다리를 난자하려 들었다. 엽진경은 이를 악물고 자신도 발끝으로 무게를 보내 똑같이 천근추를 시전했다.

망료의 천근추에 엽진경의 천근추가 더해져 엽진경은 눈

깜짝할 사이에 바닥에 떨어졌다. 생각보다 빨리 떨어진 덕에 묘월의 검이 엽진경이 아닌 망료를 공격하게 생겼다. 망료는 재차 뛰어올랐고 묘월은 바로 난풍파검을 거두었다.

엽진경은 바닥에 떨어지자마자 바닥을 굴러서 힘을 흘리는 유화(儒化)의 수법으로 낙법을 쳤다. 그러곤 번개같이 칼을 뽑아 묘월의 발목을 베었다.

떙!

묘월이 불살검을 바닥에 박아 엽진경의 칼을 막았다.

지켜보던 백호지황각 무사들이 개입했다. 아미파든 누구든 자신들의 수장을 공격하는 이를 내버려 둘 수는 없었다.

세 무사가 창을 찌르자 묘월이 옆구리에 창을 끼고 들어서 휘둘렀다. 세 명의 무사들이 창을 놓치고 날아가 다른 무사들과 부딪쳐 굴렀다.

엽진경이 그 틈에 일어서려 하였으나 허공에 떠 있던 망료가 쌍장을 뻗었다.

엽진경은 다시 누워서 바닥에 등을 대고 다리를 휘저어 망료의 손바닥을 쳐 냈다. 엽진경의 발과 망료의 손이 서로 교차했다.

타타탁.

그리고 그때 엽진경의 얼굴을 묘월의 발이 덮었다. 엽진경이 황급히 고개를 옆으로 꺾어서 묘월의 발을 피했다.

쾅!

묘월이 다시 발을 들었다. 동시에 망료가 엽진경의 발을 잡고 비틀었다. 발목이 꺾이며 우두둑 소리를 냈다.

비명은 내지 않았으나 다리가 뒤틀리며 몸이 굳었다.

묘월의 발이 떨어졌다. 두 번은 피할 수 없었다. 엽진경이 팔로 얼굴을 가렸다.

쾅!

막았어도 바닥에 머리를 대고 있어 충격이 고스란히 전해졌다. 팔에 코가 짓눌려 코피가 터지고 이빨이 부러졌다.

묘월이 연속으로 엽진경의 얼굴을 밟았다.

쾅! 쾅! 콰직!

세 번째 밟았을 때 팔이 부러지고 묘월이 발이 깊이 들어갔다. 엽진경의 뒤통수가 터졌다.

엽진경의 몸이 부르르 떨었다. 묘월은 엽진경의 목까지 베어 확실하게 죽였다.

"각주님!"

백호지황각 무사들이 경악해서 외쳤다.

묘월은 바로 그들의 사이로 뛰어들었다. 베고 찌르며 무사들을 마구 학살했다.

아미파의 여승이 같은 무림총연맹 소속을 공격하다니?

이 어처구니없는 광경에도 사파인들은 오래 고민하지 않았다. 잠시간이라 하더라도 적의 적은 아군이고, 살육의 장에서는 눈치가 빨라야 사는 법이었다.

죽일 수 있을 때 일단 죽이고 생각한다!

사파인들은 당황해하는 백호지황각과 검호대 무사들을 공격했다. 묘월이라는 절대고수가 헤집어 놓고 다니는 바람에 무사들은 제대로 검진도 구성하지 못했다.

때문에 아까보다 훨씬 더 싸움이 수월해졌다.

망료가 웃었다.

"껄껄껄! 역시 이래야 사파지."

단령경은 망료를 쳐다보았다.

"무슨 짓인가?"

"보다시피. 그나저나 내게 말을 걸 정도로 한가한가? 한 놈이라도 도망치면 곤란할 텐데."

"곤란한 건 내가 아니라 그쪽이지."

"같은 배를 탄 입장에서 너무 그러지 맙시다."

"같은 배를 탔다고? 무림맹주를 암살하려다가 실패하고 쫓기는 자와?"

망료가 고개를 설레설레 저었다.

"아아, 그 너구리 같은 영감. 정말로 무섭더군. 내가 무슨 짓을 할지 알고 있으면서도 그냥 암습을 당해 주었소."

"당신 얘기는 듣고 싶지 않다. 왜 이런 수작을 벌이는 지 나 말해."

단령경이 내공을 끌어 올렸다. 조금 전 뇌락검 엽진경과 싸우는 걸 보니 예전보다 망료의 실력이 좋아졌다. 이상하기 짝이 없다. 쫓기는 자가 아무런 상처도 없이 전보다 더 강해지다니?

"일단 저놈들을 죽이고 좀 얘기합시다. 마사불의 행동이 아래쪽까지 전해지면 곤란하거든. 최후의 패 하나 정도는 남겨 놔야 해서."

망료도 곧 싸움으로 뛰어들었다. 단령경은 망료의 뒷모습을 노려보다가 전장으로 뛰어들었다.

이각……

백호지황각과 검호대의 이백여 무사들이 몰살하는 데 걸린 시간이었다.

망료는 달아나는 검호대 무사까지 알뜰히 처리함으로써 완전한 살인 멸구를 자행했다.

무사들의 피를 뒤집어쓴 망료가 죽은 무사의 옷에 자신의 손을 닦으며 묘월에게 말했다.

"수고하셨소."

묘월은 피를 본 때문에 흥분하고 있다가 망료의 말에 금세 진정했다.

"놈은…… 오는 거지?"

"반드시 올 거요."

"놈은 내 거야."

"약속하겠소."

묘월은 고개를 돌려 단령경을, 단령경의 비어 있는 오른 팔을 쳐다보았다.

"시주의 명이 참으로 길구려. 다음에 다시 만나면 이전에 못다 한 설법을 다시 들려주고자 하니 거부하지 마시오."

단령경은 한마디 하고 싶었으나 망료의 눈짓에 입을 다물었다.

"아미타불."

묘월이 맞지도 않는 불호를 외며 산을 내려갔다.

묘월이 사라져서 눈에 보이지 않을 정도가 되자 망료가 말했다.

"아무 말도 안 하길 잘했소. 미친년이라, 말을 잘못 섞으면 일만 커져."

단령경이 흘기듯 망료를 노려보았다.

곳곳에서 신음이 들려왔다. 싸움은 끝났지만 다친 사파인들이 꽤 많았다.

"소소, 이제 나와도 된다. 다친 사람들을 봐주렴."

숨어 있던 소소가 나와서 다친 이들을 돌봤다.

움직일 만한 사파인들이 망료와 단령경의 주위로 다가왔다.

"선랑, 우리도 지금 내려가야 하는 거 아닙니까?"

망료가 비웃었다.

"가긴 어딜 가. 산 아래에 사천의 십삼 개 문파가 총출동해서 이중 삼중으로 포위하고 있네. 그쪽 인원만 족히 사오백 명은 될 거야. 그런데 그 뒤를 당가와 아미파가 받치고 있지."

사파인들의 얼굴이 어두워졌다. 중소 문파라고 해도 수가 많아서 쉽지 않은데 거기다 당가와 아미파의 고수들이 뒤를 받치면 난공불락에 가깝다.

아무리 단령경이 있다고 해도 힘으로 빠져나간다는 건 거의 불가능했다.

사파인들이 한숨을 내쉬었다.

"그럼 우린 꼼짝없이 갇힌 거로군."

인마 감충이 물었다.

"그럼 저 여스님은 어떻게 여기까지 온 거요?"

"저 미친년은 아미파라 그냥 들어온 거고, 나는 검호대 복장을 하고 따라 들어온 걸세."

"그거 알겠수. 한데 왜 아미파의 여승이……."

"내가 남들 몰래 꼬드겼소. 여기 있는 미끼들을 살려 놓으면 그놈이 올 거라고."

"그놈이 누구요?"

망료가 웃었다.

"독룡."

다친 이들의 피를 닦고 지혈하던 소소가 깜짝 놀라서 돌아보았다.

감충이 허허 웃었다.

"거 실없는 소리 하지 마시오. 독룡의 위세가 대단하긴 하지만 독룡이 와서 뭘 어쩔 수 있단 말이외까."

"독룡은 지난번에도 빠져나갔는데? 당가와 아미파가 죽치고 있는 건 똑같았는데도?"

그 순간 감충은 입을 다물 수밖에 없었다. 그야말로 풀수 없는 수수께끼다.

"허어, 진짜 희한한 놈이네."

자신의 다리에 튀어나온 뼈를 잘라 버린 구륜이 얼굴을 찡그리고 말했다.

"그놈이라면 그럴 수 있어. 그러고도 남아."

망료가 사파인들의 어깨너머로 계단에 앉아 있는 구륜을 힐끗 보았다.

"오호, 여기도 놈을 꽤 잘 아는 사람이 있나? 반갑소."

"헛소리는 집어치워. 그런데 독룡 그놈이 여길 왜 온다는 거야."

"당신들을 구하러."

"뭐? 그럴 리가 없잖아."

망료는 허리춤에서 호리병을 꺼내 들이켰다. 향긋한 술 냄새가 났다. 오랜 싸움으로 지친 사파인들이 마른침을 꼴깍 삼켰다.

망료는 혼잣말처럼 말했다.

"크으. 이게 참…… 나도 처음에는 그렇게 생각했단 말이지. 그런데 놈이 내 생각과는 다르게 성장해 버렸어. 내가 원하는 대로 움직이질 않아. 이번에도 보라고."

뭘 보라는 건지 사파인들은 뚱딴지같은 얘기를 듣는 심정으로 망료의 말을 들었다.

"당가를 탈출한 것도 모자라서, 여기선 당가와 아미파의 삼엄한 포위망까지 뚫고 나갔어. 난 놈이 여기 있을 줄 알고 온 거거든?"

"그런데?"

"나는 놈을 살리려고 무림맹주의 암살까지 시도했다네. 그런데 그놈은 여자에 빠져서 애를 임신시키고 희희낙락 비어 있는 귀주를 털어 버렸네?"

감충이 어처구니없는 얼굴로 말했다.

"이보시오. 사람이 말을 알아들을 수 있게 해야지. 무슨 말인지 알아들을 수가 없잖소."

"그러니까 요점은 그거요. 내가 혹을 붙이려고 부단히 노력했을 땐 안 되더니, 정작 이제는 스스로 혹을 만들어서 붙이고 다닌다는 거지. 피 보라를 일으키고 다니던 수라 같은 놈이 정(情)을 알아 간다? 뭐 그런 거외다."

감충이 고개를 갸웃거렸다.

"모르겠네. 거 아무리 들어도 난 이해가 안 되네. 겨우 그 정도 이유로 독룡이 이 사지(死地)로 들어와 우릴 구할 거라고?"

단령경이 물었다.

"정말 독룡이 올까?"

"그걸 확인하러 내가 여기까지 와 있는 거외다."

"만일 독룡이 안 오면?"

"다 죽는 거지 뭐."

망료가 당연하다는 듯 껄껄 웃으며 되물었다.

"강호에서 칼밥 먹고 살면 그 정도 각오는 해야지. 안 그렇소?"

구륜이 조소했다.

"그런 각오는 무림맹주를 암살하려고 한 정신 나간 놈이나 가능한 거지. 확인할 게 있다고 스스로 사지에 걸어 들어온 정신 나간 놈."

"이 친구 마음에 드네."

망료가 구륜에게 술병을 던져 주었다. 구륜은 잠깐 고민하다가 바로 한 입을 마시고 다른 사파인에게 술병을 건네주었다.

"고맙군. 나더러 혹이라고 해서 기분 나쁘게 한 건 이걸로 참아 주겠어."

"혹이라니까. 살고 싶으면 혹이 되는 게 좋을 거야."

구륜이 인상을 썼다.

"내 평생 전장을 굴렀지만 단 한 번도 혹 취급당한 적이 없다."

감충이 중간에 끼어들었다.

"댁 말대로 우리가 혹이 맞다 칩시다. 굳이 우릴 혹 취급해서 당신에게 남는 게 뭐가 있소이까?"

"나가게 해 드리지. 혹은 많을수록 좋으니까."

망료가 이를 드러내고 웃었다.

"댁들이 혹이 맞다면 내 무슨 수를 써서라도 여기서 나가게 해 드릴 거요. 그러니까 살고 싶으면 거기 가만히 있지 말고 향불이라도 피우고 원시천존에게 비시오. 독룡이 꼭 오게 해 달라고."

　　　　　*　　　*　　　*

　진자강은 귀주 지부를 나와 당하란과 헤어진 장소로 갔다.

　당하란은 보이지 않았다.

　이미 시간이 며칠이 지났다. 아이를 위해 가장 안전한 선택을 한다고 했으니 아마 추적자들을 피해 움직였을 것이다.

　마음이 헛헛해졌다.

　당연히 그럴 거라고 생각하면서도 아쉬움이 드는 건 어쩔 수 없었다.

　진자강은 개울에서 몸을 씻고 마을에 들렀다.

　마침 다관에 짐 나귀를 몰고 가는 상인들이 쉬고 있는 걸 보았다. 상인들은 정보가 곧 이익과 관련되므로 상당히 소문에 빠른 편일 터였다.

　'잘됐군.'

　귀동냥을 하기엔 길가의 다관만 한 곳이 없다. 하지만 상인들은 진자강이 들어서자 말을 아꼈다. 진자강뿐만이 아니라 다른 사람들이 지나갈 때에도 마찬가지였다.

　경계심이 굉장했다. 아무래도 귀주에서 벌어진 일이다 보니 혀를 잘못 놀려 불똥이 튈까 우려하는 모양이었다.

'어렵겠어.'

진자강은 마을 내 다관을 몇 군데 더 돌아다녔지만 별 소
득이 없었다. 상인뿐 아니라 다른 사람들도 말을 조심하는
모습이었다.

아무래도 식사를 하고 잠깐 몸을 추스르며 앞으로 해야
할 일을 생각해 봐야 할 듯싶었다.

'청성산은 어떻게 되었을까?'

궁금한 게 한두 가지가 아니었기 때문에 꽤나 답답했
다.

한데 진자강이 막 객잔을 들어가려는 찰나에 웬 나이 든
거지가 진자강에게 다가왔다. 거지는 진자강을 빤히 쳐다
보았다.

진자강이 동전 몇 푼을 꺼내 쥐여 주었다.

거지가 동전을 챙기고 말했다.

"누가 귀하를 좀 보자시오."

"나를 말입니까?"

"멀쑥하게 생겨 가지고 눈매가 날카로우면서 피부는 월
궁항아 뺨칠 정도로 백옥 같은데 다리를 저는 사람은 당신
밖에 없으니까."

나이 든 거지는 말을 하면서도 진자강의 희고 투명한 피
부가 희한한지 위아래로 연신 훑어보았다.

진자강은 잠시 생각하다가 대답했다.

"가시죠."

거지가 앞장서고 진자강은 거지를 뒤따라갔다.

거지는 마을을 벗어나 외진 하천의 다리 밑으로 내려갔다. 거적으로 대충 덮은 움막 두엇이 있었다. 거지들이 거주하는 곳인 듯했다.

어린 거지 서너 명이 움막 밖에서 놀고 있다가 진자강과 나이 든 거지를 쳐다보았다. 어린 거지가 움막을 손가락으로 가리켰다.

나이 든 거지가 거적을 들치고 움막으로 들어갔다.

"데려왔습니다."

뜻밖에도 움막 안에는 진자강이 생각지도 못한 사람이 있었다.

청성파의 노도사였다. 노도사는 늙은 거지 둘과 어울려 가운데 커다란 닭 두 마리와 싸구려 술이 담긴 깨진 호리병을 놓고 먹는 중이었다. 걸신들린 것처럼 손으로 마구 찢어 먹고 있어서 다들 손가락이며 입에 기름이 번들거렸다.

노도사는 더러운 거지들과 손을 섞고 있는데도 아무렇지 않은 듯 진자강을 보며 말했다.

"도우, 고생하셨소이다. 이리 와서 좀 자시오. 저쪽 누구네 집 잔칫날이라서. 거기 자네도 식사 안 했으면 이리 와서 좀 드시게."

노도사가 진자강에게 손짓했다. 진자강을 불러온 거지는 이미 진자강에게 관심이 없었다. 거지 둘 사이에 냉큼 앉아서 닭을 찢고 있었다.

보기만 해도 입맛이 달아나는 모습이었지만 진자강은 개의치 않고 앉아서 닭 한 조각을 찢어 물었다.

"감사합니다. 마침 끼니를 때우려던 중이라."

상하고 쉰 것, 독이 든 것도 먹고 살았는데 이 정도로 비위가 상할 리 없었다. 거지들이 오히려 자신들의 먹을 게 줄어든다고 투덜거렸다.

노도사가 감탄하며 웃었다.

"오호. 보기 드문 식성을 가진 도우로구먼. 빈도의 도명은 창량이라 하고 복천 도장과는 사형제 사이쯤 된다네."

"저를 무슨 일로 보자고 하셨습니까?"

창량은 거지들이 있는데도 신경 쓰지 않고 말했다.

"자네의 행보가 궁금하기도 하고 세상 돌아가는 얘기도 해 줄 겸해서. 어때? 자네부터 말해 줄 수 있겠나?"

진자강이 거지들을 흘깃 쳐다보았다. 거지들은 조금이라도 더 먹으려고 안달이 나서인지 먹는 것에만 집중하고 있었다.

"이쪽은 빈도의 오랜 친구들일세."

어차피 정보라면 진자강도 필요하던 차였다. 당장에 청성산에 있던 단령경과 편복, 소소도 어떻게 되었는지 궁금했다.

"아직 결정하지 못했습니다."

"자네가 왜 무림총연맹을 공격하는지는 알고 있네만, 무엇을 얻을 때까지 그럴 것인지 묻고 싶구먼. 말하기 어렵다면 하지 않아도 되고."

"숨길 이유가 없습니다. 십 년 전, 운남 약문의 혈사에 관계된 자들에게 대가를 받을 것입니다."

"직접적으로 개입한 운남의 독문은 자네 손에 의해 모두 멸망했지. 하나 크게 보면 당가의 개입도 무시할 수 없고, 거기에 무림총연맹의 절대적인 지지도 큰 영향을 끼쳤을 거야."

"아직 직접적으로 관여한 자들이 남아 있습니다. 그들부터 만난 후 생각하려 합니다."

"당시 사람이라고 하면, 둘 남았군. 제독부의 망료 고문과 청룡대검각의 각주 금강천검 백리중."

놀랍게도 창량은 진자강의 이야기를 굉장히 많이 알고 있었다.

"도장의 말씀이 틀리지 않습니다."

"하지만 자네에게는 안타깝게도 상황이 조금 복잡하게 되었군."

"무슨 말씀이십니까?"

"금강천검 백리중은 본산에 올라갔다가 소식이 끊겼고, 망료 고문은 본산에 갇힌 산동 사파를 돕고 있네. 변장을 하고 올라가 백호지황각을 다 궤멸시켰다고 하네. 아미파에서 나온 얘길세."

진자강은 당혹감을 감추기 어려웠다.

백리중이 행방불명이 된 거야 그렇다 치더라도 망료가 또 왜 단령경 일행을 돕고 있단 말인가?

"산동 사파는 자네에게 빚이 있고, 산동 사파는 망료 고문에게 빚이 생겼지. 어느 쪽이든 자네가 청성으로 가지 않는다고 하면 상관없는 문제겠네만."

창량의 말에 따르면 청성산은 현재 사천의 문파들과 당가, 아미파로 포위된 상태였다. 외부의 조력이 없으면 그들은 머잖아 토벌된다.

"자네로서는 굳이 그들을 구하러 가지 않아도 되는 일인 것 같은데……."

창량의 말에 진자강은 복잡한 심경임에도 불구하고 바로 고개를 저었다.

"목숨을 빚겼습니다."

창량이 화두를 던졌다.

"자네에겐 복수가 먼저인가, 보은(報恩)이 먼저인가."

잠시 생각하던 진자강이 대답했다.

"한시도 복수를 잊은 적이 없지만 스스로 인간이기를 포기하지는 않았습니다."

자강의 다음 행동이 결정된 말이었다,

창량이 닭기름이 묻은 손으로 머리를 긁적였다.

"자네가 사람을 잔혹하게 죽이는 살인마라서 수라(修羅)로 불리는 줄 알았더니, 그게 아니라 스스로를 자꾸만 고통 속에 밀어 넣고 있어 수라로군."

"수라······."

남의 입에서 수라라는 말을 들은 기분이 묘했다.

"수라는 신과 인간 모두에게 미움받으며, 번뇌에 사로잡혀 끊임없이 다투고 싸우는 존재. 일부러 어려운 길을 가는 자네야말로 수라에 잘 어울리는구먼."

"칭찬인지 아닌지 모르겠습니다. 저는 제 일을 할 뿐입니다."

"강호에서 자주 언급된다는 것만으로도 무림인에게는 칭찬이지. 그리고 자네에 대한 강호의 여론이 생각보다 꽤 흥미롭게 돌아가고 있다네."

"경청하겠습니다."

"처음 자네가 운남 독문을 말살시킬 때만 해도 일반 민초들을 살해한 그 잔인함에 많은 이들이 경악했었네."

"제가 한 일이 아닙니다."

"당시엔 누구도 그 말을 믿지 않았지. 하지만 지금은 달라. 자네는 제갈가의 절진을 빠져나왔고 당가의 장서각을 잿더미로 만들고 탈출했으며 이번엔 무림총연맹 귀주 지부까지 파괴했네. 하지만 그 와중에 민초들은 건드리지 않았지. 그래서 자네에 대한 평가가 많이 달라졌어."

창량은 거지가 마시고 있던 허름한 호리병을 빼앗아 술을 한 모금 마시면서 진자강에게 말을 이었다.

"자네는 이제껏 누구도 건드리지 못했던 무림총연맹과 싸우고 있다네. 모두가 자네의 행동을 계란으로 바위 치기라 생각했는데, 자네는 하나하나 자신의 목표를 이뤄 가고 있지. 강호는 복수에 관대하다네! 만일 자네의 행동이 앞으로도 정당하다면 생각보다 많은 사람들이 자네를 지지하게 될 걸세."

진자강이 되물었다.

"청성파를 비롯해서 말입니까?"

"복천 사형이 적극 추천하였지. 장문 사형의 언질도 있었고 운정도 계속 졸랐다네."

"복천 도장께서 추천했다니 솔직히 믿어지지 않습니다."

창량이 웃었다.

"복천 사형이라면 겉으로는 그래도 마음이 올곧은 분이라네. 무림총연맹은 우리 청성을 핍박한 적이지. 자네와 우리는 같은 목적을 갖고 있어서 다들 반대하지 않았다네."

진자강은 의문이 들었다.

"복잡한 일에 휘말리지 않으려 청성산을 떠나신 게 아니었습니까?"

"청성은 달아나지 않는다네. 청성은 지금도 싸우는 중일세."

"하지만 청성파의 제자들은 본산을 떠났고 당분간 도관을 수복하기 어려울 텐데요."

창량이 의미심장하게 웃었다.

"청성의 제자는 더 이상 비좁은 청성산에 있지 않네. 오히려 무림 전체가 청성의 활동 영역이 되었지. 직계를 포함하여 삼천 명의 제자들이 모두 청성의 눈이 되고 귀가 되며, 손이 되고 발이 될 걸세."

진자강은 그제야 청성파가 왜 그리도 쉽게 청성산을 포기하고 떠났는지 알 수 있었다. 청성파는 제자들을 강호 전역으로 퍼뜨림으로써 거대한 풍랑은 피하고 오히려 사방에서 정보를 얻으며 무림총연맹을 괴롭힐 수 있게 된 것이다. 청성파 제자들의 실력을 생각하면 따로따로 떨어져 있다 하더라도 각각이 결코 무시할 수 없는 세력이나 마찬가지였다.

"무림총연맹은 이제 우리 청성을 한 번에 말살시킬 수 없게 되었네. 그리고 그들은 이전보다 긴장해야 할 테지. 청성파의 제자는 강호 어디에든 있을 테니까. 거지가 강호 어디에나 있다는 말처럼 청성의 제자도 어디에나……."

닭을 먹다 말고 거지들이 창량을 빤히 쳐다보았다.

창량이 헛기침을 했다.

"어쨌든 자네는 청성의 제자가 있는 곳에서라면 언제든 도움을 받을 수 있게 될 걸세. 청성의 표식을 알려 주지."

창량이 닭 뼈로 바닥에 표식을 그렸다.

세 개의 삼각점.

"옥청, 상청, 태청의 삼청(三清)을 의미하는 점일세. 이 점이 있으면 청성의 제자가 근처에 있다는 뜻일세. 반대로 자네가 이 표식을 남겨서 도움을 요청할 수도 있지."

"알겠습니다. 하면 제가 도움을 받는 대가로 드려야 할 게 있습니까?"

"청성의 제자는 정사마를 가리지 않고 스스로 의롭다 생각하는 길을 가지. 대가가 있어서 가는 길이 아닐세."

긴지깅은 짐깐 생삭에 삼겼다.

하다못해 강호의 정세나 정보를 듣는 것조차 진자강에게는 쉬운 일이 아니었다. 청성산이 포위된 상황에서 망료나 백리중에 대한 정보를 알 수 있는 것도 사방에 인맥이 있는 청성파이니까 가능한 일이다.

언제까지고 혼자서 복수행을 해 나갈 수는 없었다. 혼자는 한계가 있었다.

진자강은 고민 끝에 청성파의 호의를 받아들이기로 했다.

"감사합니다. 하나 도움을 받는다면 저 역시 청성파를 외면하지 않겠습니다."

어쩌면 운정과 복천 도장, 무암 존사를 겪으면서 청성파에 대한 생각이 나쁘지 않게 들었기 때문에 거절하지 않은 것인지도 몰랐다. 이미 청성파와 어느 정도 관계를 가지고 있던 셈이라고도 볼 수 있었다.

진자강은 창량과 헤어져 움막을 나왔다.

창량으로부터 당하란에 대한 소식도 얻었다. 진자강과 헤어진 당하란은 대방산의 작은 암자에서 청성파 제자의 보호를 받으며 머물고 있다고 했다.

진자강은 기쁜 마음에 즉시 대방산으로 향했다. 반나절 거리이고 어차피 청성산으로 가자면 지나야 할 곳이었다.

진자강은 시장에 들러 먹을 것과 입을 것 등을 사서 대방산으로 가는 걸음을 재촉했다.

그런데……

진자강이 도착한 대방산의 암자는 온통 쑥대밭이 되어 있었다.

암자는 완전히 파괴되어 주저앉아 있었고, 마당은 온통 핏자국으로 가득했다.

진자강은 머리카락이 곤두섰다.

第四章

원한(怨恨)

"으으으……."

어디선가 신음 소리가 들려왔다. 진자강이 다급히 찾아보니 청성파의 젊은 도사가 무너진 암자의 뒤쪽에 깔려 신음 소리를 내고 있었다.

진자강이 도사를 누르고 있는 잔해를 치우고 끌어냈다. 도사의 상태는 좋지 않았다. 피를 너무 많이 흘리고 있다.

한데 암자에 깔린 것이 직접적인 원인이 아니라 어깨와 대퇴부, 팔다리의 관절 등에 손가락보다 굵은 구멍이 뻥뻥 뚫려 있었다. 지혈도 불가능한 구멍에서 피가 계속 흘러나왔다.

참으로 묘한 상처였다. 일부러 괴롭히기보다는 최대한 늦게 죽도록 만든 상처 같았다.

진자강이 도사를 흔들어 깨웠다. 도사는 입술이 바싹 마르고 파리해진 눈으로 진자강을 보았다. 진자강과 직접적인 교류는 없었으나 얼굴은 한 번 본 적이 있는 도사였다.

"미안하외다……."

"무슨 일이 벌어진 겁니까?"

청성파 제자의 무공 실력이 낮지 않은데 이렇게 된 것은 그보다 더 강한 자들이 왔었다는 이야기다.

"묵룡이…… 찾아왔소."

묵룡?

의아해하는 진자강을 보며 청성파 제자가 힘겹게 말을 이었다.

"그리고 쾌룡(快龍)이 함께였소. 막아 보려고 했지만 역부족……."

쾌룡은 양가장의 후기지수인 양전이다. 묵룡, 화룡(火龍)과 더불어 삼룡 중 한 명이었다. 청성의 젊은 제자로서는 삼룡의 두 명을 이겨 내기 어려웠을 것이다.

"당 소저는 어떻게 되었습니까?"

"다행히 몸을 피했소……."

진자강은 상황을 이해했다.

묵룡과 쾌룡은 달아난 당하란을 쫓고 있었다. 둘은 그 사실을 진자강에게 알려 주기 위해 고의적으로 청성 제자를 살려 놓았던 것이다.

네 여자를 살리고 싶으면 우리를 찾아와라!

청성 제자를 통해 진자강에게 전언을 남긴 거나 마찬가지였다.

"도와주어 감사합니다. 제가 어떻게 해드리면 되겠습니까."

청성파 제자가 죽어 가면서도 '흐' 하고 웃었다. 자신의 역할을 알고 있었던 모양이었다.

"이미 고통스럽지가 않으니 도우는 너무 걱정하지 마시오…… 오래 걸리지 않을 거외다."

진자강은 해가 비치지 않는 곳에 청성파 제자를 눕혀 두었다. 청성파 제자는 할 말을 전한 때문에 긴장이 풀려서인지 벌써 죽은 뒤였다.

진자강은 잠깐 묵념하여 그가 선계에 들기를 기원하고 즉시 일어섰다.

"묵룡. 쾌룡."

일전에 경험한 묵룡은 강했다. 진자강은 독을 써서도 그를 제압하지 못했다. 거기에 쾌룡 양전이라는 자가 함께라면…….

진자강은 스스로 강해졌음에 감사해야만 했다.

더 이상 그 둘을 상대함에 있어서, 당하란을 구하러 감에 있어서 망설이지 않아도 되었다.

"예전의 나라면 당 소저를 구하러 가기에 급급했겠지. 하지만 지금은…….."

진자강은 한 모금의 호흡으로 내공을 일으킨 후 숨을 크게 들이쉬었다.

"후읍!"

그러곤 네 개의 둑을 모두 꽉꽉 눌러 채웠다. 가득 찬 네 개의 둑 안에서 몰아치는 소용돌이의 양은 실로 거대했다. 진자강의 몸이 폭풍에 휘말린 것처럼 연신 휘청거렸다. 머리카락이 바람에 나부끼듯 날리고 옷은 팽팽해졌다.

이 정도로 내공을 극한까지 끌어 올린 건 처음이었다.

청성파의 태청신단까지 복용한 탓에 온몸 세맥에 깃든 힘이 어마어마했다.

진자강은 몸이 터져 나갈 것 같다는 생각이 들 정도까지 내공을 끌어낸 후 하늘을 보며 울부짖었다.

크어— 허— 엉—!

진자강이 부르짖는 소리가 벼락 소리처럼 온 산을 울렸다.

우르르릉!

인근의 봉우리들이 진동했다.

깜짝 놀란 새들은 오히려 날지 않았다. 날지 않기 위해서 발톱을 나뭇가지에 박아 넣고 울음을 멈췄다. 짐승들은 귀를 세우며 몸을 바짝 낮추었다. 어떤 동물도 뛰지 않고 움직이지 않고 울지 않았다.

순식간에 모든 소리가 사라졌다.

포식자.

포식자가 나타났다.

작은 동물들의 지저귐으로 재잘재잘 시끄러웠던 산천은 완전한 적막에 휩싸였다. 아무런 소리도 없는 풍경은 비현실적으로 섬뜩했다.

이곳 산들 중 어딘가에 그들이 있다면 듣지 못할 리가 없었다.

진자강은 송곳니를 드러내고 이를 씹었다.

"이제 쫓겨야 할 건 너희들이다."

                    *   *   *

  우르르릉.

  백리권과 양전도 진자강의 울부짖음을 들었다. 그건 결
코 일반적인 맹수의 울음이 아니었다.

  당하란을 쫓던 백리권이 걸음을 멈추고 뒤를 돌아보았
다.

  "놈이다. 놈이 자기 여자를 구하러 왔다."

  함께 있던 양전이 말했다.

  "내 말이 맞잖소? 어차피 귀주로 가는 건 늦었고 놈의
여자를 잡으면 놈이 나타날 거라고."

  양전이 자신의 팔을 내려다보았다. 닭살이 우툴두툴 솟
아 있었다.

  "와…… 근데 이거 뭐야. 장난이 아니잖아. 소름 끼치는
거 봐."

  양전은 잘생긴 호남형의 이십 대 청년으로 백리권과는
호형호제하는 사이였다. 양전이 붉은 수실이 달린 묵창(墨
槍)을 어깨에 걸머지고 휘파람을 불었다.

  "백리 형, 말이 다르잖소. 이거 도저히 만만한 놈이 아닌
데? 아까 청성 제자하고는 천지 차이인걸."

  "금사장과 치첨지로 명성을 날린 귀주 지부장 금복상인

을 죽이고 온 놈이다. 이 정도는 되어야지."

백리권이 무거운 음성으로 되물었다.

"겁나나?"

"내가 겁날 게 뭐가 있어. 나야 여차하면 도망가면 되는 것을. 내가 달리 쾌룡이겠소? 달리기 하나만큼은 알아주니 그런 거지. 하지만 양부(養父)의 명을 어기면서까지 나를 따라 귀주로 온 백리 형은 나처럼 도망갈 수가 없잖소이까."

백리권은 대답하지 않았다.

양전이 물었다.

"검후의 제자인 빙봉(氷鳳)이 어때서 그렇게까지 거부하시는 거요? 남부 최고 미인으로 소문나 있는 데다 백리 형에게 호감도 갖고 있는 것 같던데."

"내 마음이, 허락하지 않고 있다."

"고지식하긴. 하기야 그러니까 여자들이 백리 형을 그렇게 좋아하는 거겠지만. 그런데……."

철컥.

양전이 어깨에 있던 창을 내렸다.

"저건 뭔데 도망가다 말고 다시 되돌아온 거지?"

양전의 눈짓에 백리권도 시선을 돌렸다.

방금까지 도망가고 있던 당하란이 갑자기 돌아와서 둘 앞에 나타난 것이다.

백리권도, 양전도 의아할 수밖에 없었다.

한동안 어이없이 당하란을 쳐다보던 양전이 코웃음을 치며 물었다.

"당 소저. 벌써 지쳤나. 아니면 그놈이 찾아온다니까 갑자기 없던 자신감이라도 생긴 건가?"

당하란은 한참을 쫓겨서 초췌한 얼굴이었다. 몇 군데 찢기고 베이긴 했지만 큰 상처는 없었다.

"그가 오고 있어."

당하란의 말에 양전이 어이가 없다는 듯 대꾸했다.

"우리도 알지. 귀머거리가 아니거든. 그리고 놈이 이쪽으로 오는 건 오히려 우리도 바라는 바요. 그런데 우리 앞에 당당히 나타나?"

양전이 손가락으로 머리 옆에 원을 그렸다.

"미친 거 아냐?"

당하란은 동요하지 않고 대답했다.

"내가 눈에 보이지 않으면 그가 걱정할 거야."

"뭐?"

"내가 보이는 곳에 있어야 그가 날 찾지 않고 당신들을 상대하는 데 전념할 수 있을 테니까."

"대단한 믿음이로군. 살인귀에게 홀라당 빠져서 가문의 장서각을 불태운 주제에 수치도 모르고, 쯧."

당하란이 비웃었다.

"당신을 낳은 부모가 더 수치스럽지 않을까? 아들이 여자 꽁무니나 뒤쫓아 다니는 걸 알면."

양전이 웃음을 그치고 눈에 쌍심지를 켰다.

"이런 쌍, 좋게 좋게 대해 주니까 내가 졸로 보이나. 내가 좋아서 널 쫓아다니는 줄 알아? 널 인질로 잡고 있어야 놈을 끌어들일 수 있으니까 그런 거잖아!"

양전이 돌변해서 당하란에게 욕을 퍼부었다.

백리권이 말했다.

"틀렸어. 인질이 아냐."

"예?"

"죽일 거다. 놈의 앞에서 죽인다."

양전이 조금 당황했다.

"배, 백리 형. 하지만 당가의 핏줄입니다. 무림총연맹을 배신한 청성파와는 달라요. 아무리 가문을 등졌다고 해도 같은 무림총연맹 소속인 당가의 핏줄을 함부로 죽이면……."

백리권의 눈에 서서히 살기가 차올랐다.

"놈은 내 연 매를 죽였다. 그런데 놈의 여자를 가만히 내버려 두라고? 그게 당가의 핏줄이든 무림맹주의 손녀든 나는 절대로 용납하지 못해!"

으드드득.

백리권의 눈이 살기 때문에 핏빛으로 물들기 시작했다.

백리중의 말까지 거역하고 온 길이다. 원수를 눈앞에 두고 마음이 약해진다거나 포기하는 건 있을 수 없는 일이었다.

양전이 백리중을 진정시켰다.

"아이, 백리 형. 마음은 이해하지만 좀 고정합시다. 그냥 내가 다리 하나 못 쓰게 만들 테니 그걸로 만족하고, 독룡부터 잡고 생각합시다."

하지만 당하란이 끼어들었다.

"묵룡. 당신에게 사과할 일이 있어."

백리권이 붉어진 눈으로 당하란을 노려보았다.

당하란이 말했다.

"제갈연을 죽인 것은 그이가 아냐. 본 가에서 보낸 자객이야."

흠칫.

백리권이 잠시 멈칫거렸다.

"제갈연은 본 가의 독으로 죽었어. 그러니 복수를 하려면 그가 아니라 내게 하는 게 옳아."

양전이 다급하게 백리권을 말렸다.

"백리 형! 저것의 말에 넘어가지 마시오! 지금 저 말에 넘어가서 이성을 잃으면……!"

늦었다.

백리권은 이성을 잃었다. 백리권이 소리 없이 포효했다. 눈이 시뻘게진 채로 입을 벌리고 악귀 같은 얼굴로 당하란에게 달려들었다. 검도 뽑지 않은 채 맨손이었다.

"죽여 버리겠다!"

살기가 온통 진동했다. 당하란도 일순간 백리권의 살기에 매몰되어 몸이 굳었다. 당하란은 입술을 깨물어 피를 내고 몸을 움직였다.

백리권이 당하란의 머리를 부숴 버릴 듯 주먹을 내려쳤다. 당하란이 당가의 금나수로 백리권의 주먹을 비껴 내며 어깨를 장으로 쳤다.

당하란의 내공은 삼룡사봉에 못지않다. 가문의 임무를 행하다 보니 강호에서 명성을 얻지 못했을 뿐. 장에 실린 힘은 백리권의 호신기를 파괴하고 어깨를 무너뜨리기에 충분했다.

백리권은 그것을 알면서도, 아니 위험하다는 인식 자체가 없는 채로 당하란의 목을 손날로 그어 왔다.

살을 내주고 뼈를 취하는 전형적인 수법이었다. 물론 명문정파의 제자가 쓸 법한 수는 아니다.

당하란은 손을 거두고 양손을 교차시켜 백리권의 손날을

끼워 막았다. 백리권이 당하란의 명치를 발로 찼다. 당하란은 팔목 사이에 낀 백리권의 손을 비틀어 백리권의 자세를 무너뜨렸다.

백리권은 발을 찰 순 없었지만 바닥에 기마보로 서서 버텼다.

뚜둑!

어깨가 탈골됐다. 팔이 빠져서 무기력하게 흐느적거렸다. 하지만 백리권의 자세는 굳건했다. 당하란은 헛손질을 한 거나 다름이 없게 되었다.

백리권이 남은 손으로 당하란의 목덜미를 틀어쥐었다. 당하란은 자세를 낮춰서 백리권의 손을 피했다. 백리권이 무릎으로 당하란을 올려 찼다. 당하란은 무릎을 밀고 그 힘으로 백리권에게 벗어나려 했으나, 갑자기 복통이 찾아왔다.

"으윽!"

배가 꼬이듯이 아파 왔다.

임신 초기에 너무 무리한 탓이다. 때문에 생각했던 대로 행동할 수가 없었다.

당하란은 양팔을 모아 오른쪽 뺨을 막았다.

뻐억!

막았는데도 불구하고 충격에 당하란의 얼굴이 튕겨 나갔

다. 광대뼈 쪽에 붉은 멍이 들고 입술이 터졌다. 새하얀 어깨와 목이 완전히 빈틈을 드러냈다. 백리권은 손날을 치켜들었다. 그대로 손날을 휘둘러 당하란의 목을 찢어 버릴 셈이었다.

그 순간 옆에서 진자강이 튀어나왔다.

진자강은 눈에 보이지도 않는 속도로 달려와 백리권의 옆구리를 들이받았다.

콰드득!

백리권의 갈비뼈가 부러지며 옆구리가 함몰되었다.

백리권의 내공에 의한 순간적인 반탄력 때문에 진자강도 서너 걸음 정도를 밀려났으나, 백리권은 아예 나가떨어져 바닥을 굴렀다. 낙법을 치며 몸을 일으켰지만 진자강이 들이받은 힘이 워낙 강해서 일어나자마자 다시 넘어졌다.

백리권의 눈동자가 흔들렸다.

백리권은 몇 번이나 무릎을 꿇다가 겨우 일어났다. 다리가 후들거리고 있었다.

믿을 수 없다는 표정이 역력했다.

예전에 알던 진자강과는 완전히 달랐다. 예상보다도 더.

"백리 형!"

상진이 칭을 쏘나쉬고 신자강에게 달려들었다.

양가의 창은 일반적인 창보다 훨씬 짧고 칼보다는 훨씬 길다. 옆에 세우면 대개 자신의 키와 비슷한 수준이다.

차라라락!

양전은 양손으로 창대를 잡고 뱀처럼 교묘하게 끝을 흔들며 진자강의 눈과 목을 노렸다. 진자강은 고개를 흔들어 피했다. 이 같은 정교한 창술은 처음이지만 예전에 당하란의 채찍을 상대해 본 것이 도움이 되었다.

진자강은 금나수로 창날 바로 뒤쪽을 잡아챘다.

그 순간 양전이 창대를 꽉 잡고 흔들었다.

타라랑!

창대가 물결치듯 흔들렸다. 양전이 잡고 있는 부분에서는 작은 물결이 일었는데 진자강이 잡고 있는 끝으로 오면서는 큰 물결이 되었다.

진자강이 손을 놓지 않으려고 하자 손안에서 창대가 살아 있는 뱀처럼 마구 몸부림을 쳤다. 창대에는 가시처럼 오돌토돌한 것이 나 있어서 진자강의 손안에 자꾸 상처를 만들었다. 진자강은 한동안 버티다가 창대를 놓았다.

핏.

진자강의 뺨에 튕겨진 창끝이 스쳐 가며 작은 생채기를 냈다. 진자강이 한 걸음을 물러섰다. 동시에 양전이 앞을 잡고 있던 손을 놓고 몸을 한 바퀴 돌리면서 뒷손을 쭉 밀었다. 창끝을 잡고 미는 자세였다. 갑자기 창이 두 배나 더 길어진 것처럼 진자강의 목을 찌르고 들어왔다. 진자강이 허리를 뒤로 뉘여서 창끝을 피했다.

"걸렸다!"

양전은 힘껏 뛰어올라서 놓고 있던 손의 팔뚝으로 창대를 찍어 눌렀다. 몸의 무게가 실려서 마치 내려치듯 창이 떨어졌다. 진자강은 허리를 뒤로 눕히고 있었으므로 피할 도리가 없었다. 왼손 손바닥으로 창대를 막았다.

창대가 출렁이면서 진자강의 손바닥을 강타했다.

퍽!

하나 양전의 표정이 좋지 않았다.

"엇?"

진자강은 넘어지지 않았다. 허리를 뒤로 눕힌 철판교의 상태로 등이 바닥에 닿지 않고 무릎을 굽힌 채 몸을 지탱했다. 손바닥으로 얼굴을 막고 있는 그대로였다.

왼쪽 손바닥에 만들어진 둑과 둑에서 소용돌이치는 와류로 생겨난 일이었다. 묵직한 탁기가 흔들리지 않고 창대에서 흘러든 힘을 흡수해서 분해해 버렸다.

이것은 옥허구광 오뢰합마공이 가진 흡인의 특성이었다. 일전에 금복상인의 철주판을 막아 낸 것도 그 때문이다.

진자강은 곧바로 양전을 향해 엄지를 뻗었다.

분수전탄!

양전은 창대를 당기면서 뒤로 재주를 넘어 진자강의 지풍을 피했다. 양전의 펄럭이는 허리춤의 옷자락에 구멍이 뚫렸다. 진자강이 연이어 독침을 던져 댔다.

양전은 창대의 끝과 중간을 잡고 머리 부분을 휘저어서 독침을 쳐 냈다.

양전은 당황하고 있었다. 길이가 있는 병기로 선공을 가했는데 조금의 피해도 입히지 못하고 바로 수세에 몰린다는 건 난감한 일이었다.

"에익!"

양전은 뒤로 물러나서 창대를 꽂고 품에서 가죽장갑을 꺼내 끼웠다. 왼손은 교룡(蛟龍)의 피혁(皮革)으로 만들어 쇠 비늘이 돋은 단단한 장갑이었고 오른손은 부드러운 가죽으로 되어 있어서 생김이 서로 짝짝이였다.

"진짜 양가창을 보여 주마."

오른손으로 창대의 뒤쪽을 잡고 왼손으로 창대의 중간을 손으로 누르며 손가락 사이에 창대를 살짝 끼워서 감아쥐었다. 양전이 그 상태로 진자강과 대치했다.

양가창법은 장거리에서도 이득이 있지만 팔을 벌려서 창을 잡는 파지법의 특성상 최대 유효 거리는 맨손보다 길고 검보다는 짧은 중간 거리다. 물론 순간적으로 검보다 길어지는 탓에 상대하기가 더 까다로운 면이 있다.

진자강이 거리를 천천히 좁혀 가자 양전이 뒷손을 밀어 창을 뻗었다.

카카칵!

교룡의 비늘에 창대의 울퉁불퉁 돋은 가시가 걸리며 불꽃이 튀었다. 진자강의 입장에서 보자면 불꽃 사이에서 갑자기 창날이 불쑥 튀어나오는 것과 같았다.

날카로운 파공성을 내며 창날이 날아들었다.

진자강은 몸을 옆으로 틀며 얼굴로 날아든 창날을 피했다.

피이잉!

양전은 창을 회수했다가 바로 연속적으로 찔렀다. 장갑의 비늘이 역으로 걸릴 때는 긁히면서 불꽃이 튀지만 창을 회수할 땐 비늘의 결을 따라서 더 빠르게 회수되었다. 진자강의 예상 이상으로 빠르게 창날이 튀어나왔다.

왼손은 고정이고 오른손은 창을 찌르고 당기며 회수하는 역할이다. 진자강은 왼손의 움직임에 집중했다. 그러나 양전의 창술도 만만하지는 않았다. 창대를 지지하는 손가락을 바꿔 가며 교묘하게 궤도를 바꿔 대고 있었다. 불꽃 때문에 손가락이 가려져 움직임을 은폐했다. 눈으로는 보고 피하기 어렵다.

"온몸에 구멍을 내 주마!"

양전은 더 거세게 몰아붙였다.

창날이 튀어나오는 길이가 들쑥날쑥해졌다. 그러다가 한 번씩 길게 밀어내어 창날이 길어진 듯한 착각이 들게 만들었다. 허초까지 섞으니 더욱 피하기가 어려워졌다.

카칵, 카각!

삽시간에 진자강의 몸에 여러 개의 찔린 자국이 생겼다. 깊게 들어오지 못하게 뒷걸음질을 치면서 피하고 있었기에 얕은 상처였다. 하나 이렇게 계속되다가는 언젠가 심장에 바람구멍이 나고 말 것이다.

진자강의 손발이 어지러워졌다.

양전의 눈이 번쩍 빛났다.

'지금!'

양전은 숨을 멈춘 다음 지식법으로 힘을 모으는 동안 두 번의 허초를 써서 진자강을 속이고, 마지막 세 번째에 최대의 힘으로 진자강의 목덜미를 찔렀다.

흑사질풍(黑蛇疾風)!

양전을 삼룡 중의 하나로 올려놓은 초식이었다. 창대를 지지하는 왼손을 힘껏 틀어쥐고 강하게 힘을 주어 찌르기 때문에 창끝이 직선으로 나아가지 않는다. 비늘에 걸리면서 크게 흔들려 좌우로 뱀이 몸을 꼬며 기어가듯 창날이 튕겨진다. 막는 쪽의 입장에서는 양전이 어디를 노리는지 알 수 없을 지경이다.

더구나 오른손의 엄지와 검지만으로 창대의 끝을 쥐어서 최대한 창을 길게 밀어 찌르기 때문에 뒤로 물러나서 피할 수도 없다.

그야말로 양전이 가진 회심의 한 수라고 볼 수 있었다.

진자강은 피할 수 없다는 걸 알고 오히려 팔을 내밀며 상체를 비스듬히 숙였다.

창이 튀어나오는 순간 금나수법 중의 첨(沾)을 이용하여 손등을 창대에 붙였다. 청(聽)을 통해 손등을 타고 올라오는 창대가 느껴졌다. 그때에 몸을 회전해 자연스럽게 어깨를 타고 창날이 스쳐 가게 만들었다.

그것은 눈 깜짝할 사이에 벌어진 일이었다. 진자강의 목을 노렸던 창날이 귓불 아래로 빗나갔다.

쫘악!

손등에서부터 어깨까지의 옷이 찢기며 오돌토돌한 창대에 긁혀 팔뚝에 긴 상처가 남았다. 핏빛 상처가 뱀이 기어간 것처럼 구불구불하게 나 있었다.

회심의 수가 실패하자 양전은 당황했다.

양전은 멈춘 숨을 토하지 않고 연거푸 독사출동(毒蛇出動)을 펼쳤다. 창대를 잡은 손의 앞뒤를 바꿔서 부드러운 가죽의 손을 앞으로 하여 손가락 사이로 창대를 미끄러뜨리듯이 밀어냈다. 부드러운 가죽을 타고 창의 속도가 더 빨라졌다.

순식간에 섬전처럼 네 번이나 창날이 날아왔다. 쾌룡이라는 별호에 걸맞은 속도였다.

파파파팟!

진자강이 팽이처럼 몸을 회전시키며 양손 손등을 번갈아 첨으로 창대에 붙였다. 회전하는 진자강을 따라 진자강의 겨드랑이와 다리 사이, 옆구리 등의 곳곳으로 창날이 연신 튀어나왔다. 조금만 실수해도 몸에 구멍이 뚫릴 것 같은데, 양전은 진자강을 좀처럼 맞출 수가 없었다. 창대가 진자강의 몸을 타고 미끄러져 양전이 원하는 곳이 아닌 다른 데로 자꾸만 빗나간다.

"큭!"

양전은 무리하게 연속으로 두 개의 초식을 펼쳐서 호흡이 달렸다. 동작이 굼떠졌다. 진자강은 손등의 청을 통해 양전의 손이 미세하게 떨리는 것을 느꼈다. 진자강이 그 기회를 놓치지 않고 더 크게 회전해 손을 뻗었다.

진자강의 왼손이 양전의 앞 손을 덮었다. 그러곤 손에 힘을 주어 꽉 쥐었다.

왼손의 장심에는 네 번째의 독이 있다.

<u>으드드득.</u>

"으아아악!"

양전이 비명을 질렀다. 손이 으스러지는 듯했다. 진자강이 오른손을 치켜들었다. 포룡박으로 양전의 앞 손 팔뚝을 찍었다.

"자, 잠깐!"

양전의 다급한 외침에도 진자강은 손을 멈추지 않았다.

퍽!

진자강의 손가락이 양전의 팔뚝에 박혔다.

진자강이 그제야 물었다.

"뭐라고?"

양전은 다시 한번 비명을 질렀다.

"으아아악! 이 새끼, 너무하잖아! 잠깐만 기다려 보라니까!"

잠시 멍해져 있던 백리권은 양전의 비명을 듣고 정신을 차렸다. 자신의 탈골된 어깨를 뽑아서 다시 맞췄다.

다행인지 불행인지 한 대 크게 맞은 덕에 이성은 돌아왔다.

백리권은 당하란이 배를 붙들고 얼굴을 찡그린 걸 보았다. 이유는 알 수 없지만 감이 왔다. 백리권은 당하란보다 진자강에게 밀리고 있는 양전 쪽으로 가려 했다.

당하란이 백리권의 앞을 가로막았다.

"당신 원수는 내가 아니었던가?"

당하란은 식은땀을 뻘뻘 흘리면서 내공을 일으켰다. 배가 찢어질 듯 아파 왔다. 더 이상 급격한 동작은 무리다. 임신 초기는 가장 위험한 시기였다. 만약에 무리한다면 아기가 어찌 될지 모른다.

하지만 진자강에게 부담을 줄 순 없었다. 그런 것은 당하란의 성격이 아니다.

백리권이 수긍했다.

"그렇군. 최대한 고통스럽게 죽여 주마."

진자강이 당하란에게 말했다.

"무리하지 마십시오. 이자를 죽이고 가겠습니다."

얼굴이 땀으로 흠뻑 젖은 당하란이 실소했다.

"내가 그런 나약한 여자로 보였어?"

하지만 백리권을 막은 것은 양전이었다. 양전이 소리를 쳤다.

"잠깐, 기다려! 다들 멈춰 봐! 백리 형도 멈춰 보시오. 그리고 독룡 당신도 나를 좀 놔주고!"

양전이 할 말이 있다는 간절한 표정으로 진자강을 쳐다보았다.

진자강이 대답했다.

"싫습니다."

진자강은 일고의 가치도 없다는 듯이 양전의 손을 놓아주지 않았다. 양전이 다급히 외쳤다.

"나는 그저 조사 차 귀주 지부로 향하고 있었을 뿐이오. 양가는 약문의 일에 관련한 적도 없으니 독룡 그대는 나와 아무런 원한이 없소. 이렇게 합시다. 서로 간에 원한이 있는 사람끼리 결판을 내는 거요. 그럼 나는 결과만 확인하고 조용히 물러나겠소."

"원한이 있는 사람이 누굽니까."

"그야……"

잠시 생각하던 양전이 말했다.

"백리 형! 당가의 살수가 벌인 짓이라면 더더욱 당가의 핏줄을 해쳐선 안 되오. 무림총연맹에 정식으로 항의하여야 저 한 사람이 아닌 당가 전체에 책임을 물을 수 있어요!"

백리권이 고민하는 듯하자 양전이 다시 설득했다.

"그러니까 지금은 연 누이를 해치는 데 일조한 독룡을 제거하는 게 우선입니다!"

백리권이 진자강을 쳐다보며 살기를 품었다.

"양 형제의 말이 일리가 있군. 어차피 너도 나와 해결할 일이 있었지."

양전이 진자강을 보고 말했다.

"그러니 나를 놔주시오. 만일 나를 건드린다면 그대는 우리 양가와도 척을 져야 할 것이오."

진자강이 백리권의 살기에 반응하며 서서히 손을 떼었다. 양전은 자신의 팔뚝에 난 다섯 개의 구멍을 보면서 이를 악물었다. 근(筋)이 깊이 찍혀서 오른손에 전혀 힘이 들어가지 않았다. 하지만 겉으로는 내색하지 않고 물러났다.

당하란이 얕은 한숨을 내쉬며 물러나 주었다. 사실 진자강을 대신해서라도 싸우고 싶은 마음은 크나, 배 속의 아기를 생각하면 지금 이 대치가 가장 좋을 수도 있었다.

"조심해."

"알겠습니다."

진자강은 백리권을 앞에 두고 섰다.

백리권은 즉시 내공을 끌어 올렸다.

"예전보다 훨씬 강해졌군."

진자강은 말없이 백리권을 쳐다보았다. 예전에는 정말로 백리권이 하나의 벽처럼 느껴지던 때도 있었다.

그런데 지금은 그렇지 않다.

검술이나 내공의 깊이에서는 다소 밀릴 수도 있을 것이

다. 하지만 진자강 자신이 내공의 파괴력에서 훨씬 앞서고 있다는 걸 느낄 수 있었다.

백리권도 그걸 알고 있었다.

백리권은 진자강에게서 눈을 떼지 않은 채 상의를 풀어 벗었다.

가슴에 칼로 그은 흉터들이 엄청나게 나 있었다. 가슴 전체가 난도질한 것처럼 되어 있었다. 제갈연을 잃고 그 슬픔에 저지른 행동이다.

백리권은 부러진 갈비뼈가 움직이지 않도록 상의로 옆구리와 가슴을 꽉 조여 묶었다.

"우습구나."

백리권의 말이었다. 진자강도 걸레처럼 된 양팔의 옷소매를 찢어 버리며 물었다.

"뭐가 말입니까?"

"너는 네가 연 매를 죽이지 않았다고 했다. 하지만 결국은 연 매를 죽인 당가의 핏줄과 함께 있지 않으냐."

진자강은 수긍했다.

"그렇군요. 보기에 따라 오해할 수 있는 여지가 있다는 건 인정하겠습니다. 하지만 그런다고 달라지는 게 있습니까?"

"없지. 그러니까 오해라는 말은 어울리지 않아."

백리권이 검을 뽑아 들었다.

"너는 연 매를 해쳤고, 그러므로 나는 연 매의 복수를 한다."

그런데 백리권은 거기에서 말을 그치지 않고 한마디를 더 했다.

"너는 나의 양부로 인해 사문의 억울함을 풀지 못했다. 그러니까 내게 대신 죄를 물어라. 그럼 공평하겠지?"

진자강은 백리권을 빤히 쳐다보았다.

백리권이 잠시 침묵을 지켰다가 말했다.

"나는 바보가 아니다. 양부가 해 온 일, 그분이 내게 숨긴 일, 그리고 그분이 앞으로 할 일을 모두 알고 있다. 연매의 죽음에 대해서도 어쩌면……."

백리권은 더 말을 하지 않고 입을 닫았다.

진자강은 한동안 백리권을 바라보고 있다가 고개를 살짝 저었다.

"아니. 그것은 받아들이지 않겠습니다."

진자강이 재차 한 모금의 기운을 받아들여서 내공을 일으키기 시작했다.

"제갈 소저에 대한 복수만 응하겠습니다. 금강천검의 빚을 다른 이에게 대신 받을 이유가 없습니다."

백리권이 검집을 버리고 양손으로 검을 잡아 진자강을

겨누었다.

"그렇다면 너는 평생 나의 양부에게 빚을 받아 낼 기회를 얻지 못할 것이다."

백리권은 몸을 뒤로 기우뚱 눕혔다가 곧바로 뛰어 나갔다.

최대한의 속도로 뛰쳐나가는 궁신탄영의 신법.

발을 박찼다 싶었는데 어느새 백리권은 벌써 진자강의 앞에 있었다. 진자강이 자세를 낮추고 대응하려 했다.

백리권이 왼발을 앞으로 내디뎠다.

쾅!

진각의 힘을 더해져서 백리권은 달려오다 말고 멈춰 섰다. 왼발을 축으로 몸을 회전시켜 직각으로 방향을 꺾었다. 진자강의 측면으로 빠르게 이동해 오른발을 뒤로 뻗어 자세를 잡았다. 동시에 아래에서부터 위로 검을 치켜들었다.

처음부터 천인신검을 최대한으로 펼쳐 승부를 건 것이다.

진자강은 백리권이 달려오다가 훅 꺼진 듯 사라진 것처럼 느꼈다. 그리고 바로 옆에서 지독한 살기가 쏘아져 왔다. 진자강이 몸을 반쯤 틀었을 때 이미 백리권은 반원의 검기를 뿜어내고 있었다.

진자강은 오른쪽 발바닥의 용천혈에 있는 둑을 최대한으로 이용해 가속을 붙여 몸을 비틀었다.

쫘악!

진자강의 코앞에 검기의 벽이 생겼다. 영롱하고 투명한 벽이 가로막은 것 같았다. 벽 너머의 공간들이 무채색으로 일그러져 보였다.

바닥에서부터 옆쪽 숲의 나무까지 한꺼번에 절단되었다.

백리권은 궁신탄영으로 달려온 상태에서의 힘을 한 번 더 천인신검에 쏟았다. 백리권의 검이 다시 한번 공간을 갈랐다. 진자강은 허리를 최대한 뒤로 뉘여 백리권의 검기를 피했다.

콰우웅!

하늘과 땅 사이가 수평으로 단절됐다.

쩌어억.

몇 장이나 뒤에 있는 나무들이 날카롭게 갈라졌다.

이를 지켜보던 양전이 안타까움에 소리쳤다.

"백리 형! 너무 힘이 들어갔어!"

하지만 백리권이 이를 모를 리 없었다. 조금 전 양전과 싸우는 걸 똑똑히 보았다. 진자강은 양전의 창에 실린 힘을 받아 내고 흘렸다.

그것은 천인신검의 수법과도 매우 비슷했다.

천인신검 기지흡력(氣志吸力).

때문에 검에 최소한 이 정도의 힘을 실어야 진자강의 수법에 당하지 않을 수 있다.

백리권은 위에서 아래로 칼을 찍었다. 진자강이 몸을 회전시키며 피하자, 그대로 칼을 땅에 꽂은 채 물구나무를 서서 몸을 띄운 후 앞으로 떨어지며 뒤꿈치로 진자강의 어깨를 찍었다.

진자강이 아슬아슬하게 백리권의 뒤꿈치를 피했다.

콰앙!

바닥의 흙이 박살 나며 사방으로 비산했다. 백리권은 몸을 돌리면서 거푸 진자강을 걷어찼다. 진자강은 손바닥과 팔뚝으로 백리권의 발을 쳐 냈다. 백리권은 착지하자마자 바로 검을 뽑아 횡으로 베었다. 진자강이 반격할 여지를 거의 주지 않으려 쉬지 않고 공격하고 있었다.

진자강은 백리권이 횡으로 벤 검을 피해 위로 뛰어오르면서 독침을 뿌렸다.

"역시!"

그 순간 백리권의 눈이 번득였다.

진자강의 싸움 방식을 알고 있는 백리권이다. 진자강은 간혹 자신의 피해를 감수하고 상대에게 더 큰 피해를 입히면서 수세를 공세로 전환하고 했다.

"지금쯤 반격을 해 올 줄 알았다!"

백리권은 독침을 피하지 않고 몸을 돌리던 그대로 발을 들어 진자강을 올려 찼다. 굳이 독침을 피하지 않았다.

진자강은 독침을 적중시키길 포기하고 백리권의 발을 팔꿈치로 쳐서 반동을 이용해 공중에서 뒤로 뛰었다.

백리권이 함께 도약해 허공에서 세 번이나 검기를 뿌렸다.

파파팟!

빛줄기와 함께 진자강의 몸에 세 개의 검흔이 생겨났다. 진자강은 허공에서 사선으로 몸을 몇 번이나 회전하며 바닥에 떨어졌다.

백리권이 뛰어내리면서 검을 그었다. 진자강은 바닥에 떨어지며 옆으로 구르다가 돌연 땅을 차고 반대로 굴러 백리권의 검을 피했다. 백리권의 다리를 발로 차고 오금을 걸었다. 백리권은 휘청거리다가 한쪽 다리로만 중심을 잡고 섰다.

백학량시(白鶴亮翅)!

외다리로 서서 아래로 검을 찔러 넣었다. 바닥에 거의 누워 있다시피 했던 진자강은 팽이처럼 돌면서 검을 피했다. 동시에 왼손을 뻗어 백리권의 검에 달린 칼 막이를 손가락으로 걸어 잡아당겼다.

검을 아래로 찌르던 속도가 더해져서 검은 바닥에 깊이 박혔다. 손잡이를 놓지 않고 있던 백리권의 몸까지 딸려 왔다. 진자강은 백리권의 목을 오른손으로 잡아당기며 무릎을 올렸다.

백리권은 버티려 했지만 부러진 갈비뼈의 통증 때문에 버틸 수 없었다. 다만 고개를 돌려서 관자놀이에 맞는 것은 면했다.

뻑!

이마를 무릎에 강하게 짓찧은 백리권이 휘청거리며 뒷걸음질을 쳤다. 그 와중에도 검을 뽑아 쥐고 있었다.

백리권은 얼굴을 잔뜩 찡그렸다. 아까 부딪쳤을 때에도 느꼈지만 직접 손을 섞어 보니 생각 이상이었다. 예전에는 자신의 공격을 겨우겨우 피하는 정도였는데 지금은 거의 대등하다시피 하다.

백리권이 주춤하는 사이 진자강은 허리의 힘으로 벌떡 일어나서 백리권을 뒤쫓았다.

백리권은 호흡을 들이쉬며 검을 바닥에 꽂고 무릎을 꿇었다. 그러면서 양손을 앞으로 내밀었다.

굉가부곡장!

바로 지척. 몸에 네 개의 둑을 쌓고 막대한 내공을 활성화시킴으로써 몸놀림이 이전과는 비할 바 없이 빨라진 진자강이었지만, 몸을 튕기듯 바로 일어난 때라 절대로 피할 수가 없었다.

"죽어라!"

백리권은 일을 악물고 천인신검을 극대로 일으켜 내공을 쏟아 냈다. 이것으로 일격에 진자강을 끝장낼 생각이었기 때문에 뒤를 생각하지 않고 전력을 다했다.

우르르르르!

몸이 진동하며 천둥소리가 났다. 손바닥의 장심이 벌게 지며 달아올랐다. 그때 진자강이 백리권의 양손 손바닥을 자신의 손바닥으로 쳤다. 진자강으로서도 그 수밖에 없었다.

하지만 백리권은 끝났다고 생각했다.

굉가부곡장은 백리가의 일절.

집채를 부수고 바위를 가루로 만든다. 거기에 손을 가져다 댄다면 오히려 상대의 손이 부서져 나갈 게 분명하다.

퍼어엉!

폭음이 일었다가 둘의 손바닥이 마주치며 밀착되자 순식간에 소리가 사라졌다.

백리권은 손바닥에서 따끔한 충격을 느꼈다. 진자강이 손가락 사이에 독침을 끼우고 있던 모양이었다. 하나 백리권은 오히려 손가락을 벌려 진자강의 손에 깍지를 끼웠다. 더 힘을 가해서 단단히 붙들었다.

"달아나지 못한다!"

백리권이 내공을 더해 밀어 넣자 진자강의 얼굴도 벌게졌다. 진자강 역시 이를 악물고 최대로 내공을 뿜어내고 있었다.

그런데…… 백리권은 뭔가 이상하다는 걸 느꼈다.

처음 진자강의 손바닥 안으로 내공을 밀어 넣고 있다가 어느 순간 멈춰졌다. 아니, 오히려 자신이 안으로 밀리는 느낌이다.

굉가부곡장이 밀린다?

"이익!"

백리권은 다시 한번 천인신검을 일으켰다. 승부가 경각에 달해 집중력이 고도로 높아졌다. 평소보다도 더 내공을 일으킬 수 있었다.

무려 칠성(七成)의 초입에서 중간까지.

스스로 자신의 몸에 깃든 힘을 느낄 수 있었다.

하지만 상황은 달라질 게 없었다. 여전히 밀렸다.

정확하게 말하자면 진자강의 왼손과 맞닿은 오른손은 밀리고 있었고, 진자강의 오른손을 맞잡은 왼손은 내공이 뿜어지는 게 아니라 빨려드는 것 같은 느낌을 받았다.

내공의 흐름이 기이하다. 출렁거리는 뱃전에 서 있는 것처럼 내공이 흔들려서 제어하기가 점점 어려워지고 있다.

뚜둑.

진자강의 내공이 밀려들어 오른손 손바닥의 뼈가 골절됐다. 손가락이 뒤틀리기 시작했다. 진자강의 손가락에 깍지를 끼운 것은 자신인데 이제는 오히려 자신의 손가락이 꺾이고 있는 중이었다.

백리권은 등골이 오싹해졌다.

우두두둑! 우둑! 뿌드득!

"크윽!"

오른손의 뼈가 탈골되고 부러지며 어깨가 빠졌다. 왼손도 이어 진자강의 내공을 버티지 못하고 폭발하듯이 뼈가 부러졌다.

퍼어엉!

백리권은 양팔이 너덜너덜해진 채로 피를 뿜으며 튕겨나갔다.

졌다? 자신이?

지난해까지만 해도 상대도 되지 않던 하찮은 놈에게?

연 매의 원수에게!

졌다는 사실을 인정할 수도 없었지만 그보다도 더 백리권을 절망하게 한 것은 제갈연의 복수를 할 수 없다는 사실이었다.

"이대로는 끝나지 않는다!"

백리권은 조각조각 부러진 양팔을 늘어뜨린 채 바닥에 박힌 검을 발로 차서 띄워 올렸다.

그러나 백리권은 띄워 올린 검으로 아무것도 하지 못했다. 띄워 올린 검이 다시 떨어지는 걸 그대로 방치할 수밖에 없었다.

챙그랑.

검이 바닥에 떨어졌다.

백리권은 자신의 목에서부터 길게 이어진 실을 보았다. 잘 보이지도 않는 가느다란 실이 목에 감겨서 진자강의 손에까지 연결되어 있었다.

탈혼사다.

"……."

조금 전 목을 당겨 칠 때 감은 모양이었다.

백리권은 가만히 진자강을 쳐다보았다. 진자강은 숨을 고르면서 탈혼사의 고리를 잡았다.

"왜 탈혼사를 걸고 바로 쓰지 않았지?"

"확인할 게 있어서."

"너도 이상함을 느낀 모양이군."

"그렇습니다."

백리권이 물었다.

"그렇다면 조금 전의 그것이, 옥허구광 오뢰합마공이겠지?"

"그렇습니다."

"닮았군. 많이 닮았어."

천인신검과.

백리권은 양부 백리중이 한 말을 떠올랐다.

"천인신검은 얼마나 성취를 얻었느냐."

"칠성의 초입에 들어섰습니다."

그러자 백리중은 더 생각할 필요도 없다는 듯 백리권에게 본가로 돌아가라고 말했었다.

그 이유가 지금 드러나고 있었다.

원류가 같은 내공심법인데 상대의 성취가 더 뛰어나니 내공 대결로 어찌 이기겠는가. 지금의 상황을 백리중은 이미 예상했었던 것이다.

백리권이 씁쓸히 웃었다.

"곧 연 매를 만나러 갈 수 있겠군."

진자강이 한 번 더 물었다.

"할 말이 더 있습니까?"

백리권은 대답하지 않았다. 대신 하늘을 쳐다보며 탄식하듯 중얼거렸다.

"아아, 아버님. 당신은 대체 무슨 짓을 한 겁니까."

진자강이 탈혼사의 고리를 당겼다.

백리권의 목이 떨어졌다.

목이 잘린 백리권의 몸은 끊임없이 솟는 샘처럼 피를 뿌리며 앞으로 넘어갔다.

양전은 믿을 수가 없었다.

묵룡이! 묵룡 백리권이!

손 쓰는 데에 망설임이 없는 걸 보니 절대로 사정을 봐주는 놈이 아니다. 그렇다면 다음은 양전의 차례였다.

'제기랄!'

양전은 은밀하게 걸음을 움직였다.

모두의 눈이 백리권과 진자강에게 쏠려 있을 때. 지금밖에 기회가 없었다.

양전은 당하란의 뒤로 돌아갔다. 당하란을 인질로 잡아야 자신이 살 수 있었다.

긴장을 너무 했는지 식은땀이 나고 몸이 무거웠다.

'제기랄! 몸이 왜 이러지.'

게다가 진자강이 구멍 낸 팔뚝은 아까부터 저리고 먹먹했다.

'망할 새끼!'

당하란은 몸이 불편한지 아까부터 인상을 쓰고 있는 데다 진자강과 백리권의 대결에 온 정신이 쏠려 있었다. 양전이 다가오는 것도 모르는 듯싶었다.

지금 급습한다면……!

양전이 당하란에게 달려들었다.

하지만 양전의 생각보다 양전의 동작은 매우 느렸다. 당하란에게 손을 뻗고 있는데 한참이나 멀리 있는 것처럼 느껴졌다. 도무지 닿지를 않았다.

갑자기 당하란이 뒤를 돌아보았다.

"쳇!"

양전은 창을 들어 막으려 했다. 그런데 창을 채 들어 올리기도 전에 당하란의 손이 먼저 날아왔다. 양전은 뭐가 잘못됐는지도 모르고 어깨에 당하란의 손날을 맞았다.

쾅!

어깨가 뭉개지면서 손이 틀어박혔다. 양전은 바닥에 무릎을 꿇었다.

"크억!"

창을 떨어뜨렸다. 이제 양손을 모두 쓸 수 없다.

당하란이 무릎 꿇은 양전의 목을 틀어쥐었다.

"끅, 끄윽!"

당하란은 서늘한 눈으로 양전을 노려보았다.

"쓰레기."

"어, 어떻게!"

"흥. 아까부터 네 동향을 살피고 있었다. 내가 낭군의 약점인 줄 알았나 보지? 그런 일은 절대로 없어."

당하란이 손에 힘을 주었다. 양전이 바람이 새는 듯한 목소리로 겨우겨우 말했다.

"자, 잠깐……."

당하란은 잠깐 멈췄다. 하지만 양전이 아니라 진자강을 쳐다보았다. 양전을 죽이지 않으면 후환을 남겨 두게 될 테고, 양전을 죽이면 양가장과도 적이 된다.

진자강이 말했다.

"내버려둬도 살아날 수 없습니다. 청성파 도사를 살해하고 당 소저를 쫓는 걸 볼 때부터 살려 둘 생각이 없었습니다."

'뭐?'

양전의 눈에 믿을 수 없다는 빛이 스쳐 갔다.

당하란이 말했다.

"표정을 보니 중독된 것도 모르고 있네. 얼굴이 까맣게 죽은 지 한참인데."

양전은 여전히 믿지 못했다. 별다른 증세도 없이 몸만 좀 무거울 뿐인데 그렇게 쉽게 중독되었다고?

"독 때문에 판단이 흐려져서 그럴 겁니다."

팔뚝에 난 구멍!

진자강이 포룡박으로 양전의 팔뚝에 구멍을 내면서 탁기에서 뽑아낸 절대독을 흘려 넣었던 것이다.

양전은 그제야 몸의 이상이 느껴지는 것 같은 기분을 느꼈다. 몸이 으슬으슬 떨리고 팔에서부터 시작된 마비가 온몸으로 퍼지고 있었다.

양전이 필사적으로 말을 내뱉었다.

"사, 살려 주시오."

당하란은 칼같이 양전의 말을 잘랐다.

"다시 한번 말할게. 나는 내 낭군의 앞을 가로막는 짐이 되기 싫어. 그리고 마찬가지로 그런 짐이 될 자를 남겨 둘 생각도 없어."

"살……!"

당하란이 즉시 손에 힘을 주었다.

우드득.

양전의 목이 꺾였다. 당하란은 양전의 시체를 발로 차서 밀어 버렸다.

진자강이 당하란에게 다가왔다. 당하란은 살짝 상처를 입은 진자강을 보며 눈을 찌푸렸다.

"소저……?"

당하란이 좋아할 줄 알았던 진자강은 다소 머쓱해졌다.

당하란이 냉랭하게 물었다.

"왜 왔어? 청성파 도사가 당한 걸 봤으면 날 쫓아오지 말았어야지."

"소저…… 가 걱정되어…….."

진자강은 말을 하다 말고 잠깐 입을 다물었다. 그러더니 다시 말했다.

"미안합니다, 부인."

그제야 당하란이 가까이 와서 진자강에게 안겼다. 진자강의 품에 파고든 당하란이 속삭였다.

"부인이라고 불러서 이번만 봐줄게. 나는 당신의 짐이 되기 싫어."

"부인은 짐이 아닙니다."

"당신은 칼끝 위에 서 있어. 한순간만 삐끗해도 다시 올라설 수 없는 길에 서 있다고. 그리고 배가 불러 올수록 나는 점점 당신에게 불편한 혹이 될 거야. 내가 당신의 관심을 독차지하는 건 당신의 일이 모두 끝나고 돌아온 뒤에라도 족해."

당하란의 말은 틀리지 않았다.

당하란은 진자강만큼이나 필사적이었다. 그녀가 진자강을 멀리하고자 하는 건 오히려 조금이라도 진자강이 살아 돌아올 수 있는 가능성을 높이기 위함이었던 것이다.

"부인……."

당하란은 말없이 진자강을 껴안았다. 처음으로 마음을 열고 좋아하게 된 남자. 당하란이라고 함께 있고 싶지 않을 리가 없었다. 잠깐이지만 이렇게 온기를 느끼는 것만으로도 너무나 행복해서 놓치고 싶지 않을 정도였다.

*　　　*　　　*

당하란도 청성파 제자로부터 얘기를 들어 청성산의 상황를 알고 있었다.

당하란이 냇가에서 진자강의 상처를 씻어 주며 물었다.

"어떻게 할 거야?"

"그들을 버릴 수는 없습니다. 편복 노인과 소소, 선랑은 나를 구해 준 사람들입니다. 하지만 포위망이 두꺼워서 어떻게 해야 할지 모르겠습니다."

당하란은 찰랑 손으로 물을 떠서 가슴에 난 상처를 닦아 주었다.

"당신은 그들을 반드시 구해야 해. 언제까지 혼자서 무림총연맹을 상대할 순 없어."

"금강천검이 죽었다면 더 이상 무림총연맹을 상대할 필

요가 없을지도 모릅니다."

"당신이 그만둔대도 무림총연맹은 당신을 포기하지 않을 거야. 그러니까 더더욱 그들을 구해야 해. 무림총연맹이 여의선랑을 잡으려고 했던 건 북진을 하든 서진을 하든 동쪽의 산동 사파가 걸림돌이 되기 때문이야."

당하란이 다시 조언했다.

"여의선랑을 구해 낼 수 있다면 무림총연맹의 움직임이 제한되어서 당신이 운신할 수 있는 폭이 한결 넓어질 거야."

진자강은 잠시 생각에 잠겼다. 어떤 식으로 접근해야 그들을 포위망에서 구해 낼 수 있을까.

지금으로써는 거의 방법이 전무하다시피 하다.

당하란이 고민하는 진자강의 모습을 보며 말했다.

"방법이 있어."

"표정을 보니 좋은 방법은 아닌 것 같습니다."

"당신이 묵룡과 쾌룡을 죽였다고 강호에 소문을 내야겠어."

숨겨도 모자랄 마당에 대놓고 공표한다고?

"더 좋은 방법이 있을 수도 있겠지. 하지만 지금은 이게 최선이야."

＊　　　＊　　　＊

　진자강은 마을에 들러 싸울 준비를 했다.

　의방에서 종류별로 침 수백 벌을 구해 챙기고, 대장간에서는 낫 두 자루를 샀다.

　싸우다 보면 의외로 독분(毒粉)이 유용하다. 진자강은 탁기에서 독액을 짜내 곡식의 가루에 섞어 그늘에서 말렸다.

　당하란이 와 물었다.

　"무슨 독이야?"

　"제 기혈에 있던 탁기입니다."

　"탁기? 본 가에서는 독을 골수에 저장하는 수법이 있어. 하지만 기혈에 독을 품고 다닌다는 얘기는 들어 본 적이 없는걸."

　"저도 설명하기 어렵습니다만…… 이 독에는 청철혈선사의 독도 있고 일전에 얘기했던 궐채의 독도 섞여 있습니다."

　"효과는?"

　"착란, 경련, 호흡 곤란, 마비, 출혈…… 여러 가지 증세가 납니다만, 저는 이미 면역이 되어서 정확히 어떤 증상을 일으키는지 알 수 없습니다."

　"효과가 무작위로 난다면 쓰기 곤란하겠네."

"그래서 저도 자주 쓰지는 못하고 있습니다. 이번에도 따로 독초를 채집해야 할 것 같습니다."

진자강은 당하란과 대화를 하며 마을 근처의 산에 올라 독초를 찾아다녔다.

미나리가 잔뜩 자란 습지가 보였다.

진자강이 미나리를 뽑아 밑동을 꺾었다. 대나무처럼 속이 비었는데 누런 즙이 흘러나왔다. 평범한 미나리가 아니라 독미나리의 일종이다.

"독근채화(毒芹菜花)네. 독성이 굉장히 강하지."

당하란도 독에 대해서는 어느 정도 알고 있었다.

"복통, 구토, 수포, 피부 발적, 사지 마비, 경련…… 보통 사람은 독근채화 한 뿌리만 잘못 먹어도 죽을 수 있어."

"뿌리와 줄기를 먹게 되면 그렇게 되지만 잎을 먹으면 다른 증상이 나타납니다."

"뭔데?"

"독근채화의 잎을 대량으로 복용하면 해를 보지 못하게 됩니다. 눈이 부시고 살갗이 타며 따끔따끔해집니다."

당하란이 의아해했다.

"하지만 잎에서 그만한 독을 채취하려면……."

진자강은 이미 독미나리를 캐서 잎을 뜯어 먹는 중이었다. 뿌리와 줄기는 따로 모아 두고 있었다.

어차피 진자강의 방법으로는 최대한 많이 씹는 수밖에 없었다.

당하란이 자못 심각한 표정으로 말했다.

"아무래도 우리 식성에 대해서는 좀 생각해 봐야 할 것 같아."

진자강이 어색하게 웃으며 말했다.

"아무거나 가리지 않고 잘 먹는 편이라 괜찮을 겁니다."

당하란은 웃음을 터뜨렸다.

* * *

진자강은 자신의 옷을 어색하게 보았다.

화려한 비단으로 감싸 입은 옷차림 때문이었다.

당하란이 우겼다.

"당신은 여자인 나보다 살결이 고와서 너무 허름한 옷을 입으면 오히려 어색해 보여. 차라리 귀한 집 자손처럼 보이는 게 훨씬 어울려."

아닌 게 아니라 진자강은 누가 보기에도 고관대작의 자제 같았다.

"적어도 청성산까지 가는 동안 누가 귀찮게 할 일은 없을 거야. 여자만 조심해."

"알겠습니다."

진자강과 당하란은 손을 맞잡았다. 이제 헤어질 때가 되었다. 다시 서로의 길을 가야 한다.

만난 지 얼마 되지 않아 헤어져야 한다는 것은 쉬운 일이 아니었다.

게다가 이번에는 헤어지면 정말로 언제 다시 만나게 될지 기약할 수도 없었다.

진자강은 못내 내키지 않는 얼굴로 당하란을 보았다.

당하란은 고개를 저으며 웃어 보였다.

"나와 약속한 거 잊지 않았지?"

"기억하고 있습니다."

"좋아. 기다릴게."

당하란은 진자강의 얼굴을 손으로 쓰다듬으며 미소 지었다.

"잘생겼다, 내 낭군. 그러니까 이번에도 꼭 살아 돌아와야 해. 알았지?"

*   *   *

청성파의 상청궁.

단령경은 비탄에 잠겨 있었다.

팔이 잘린 것쯤은 아무렇지 않았다.

그러나 무암을 잃은 것은 너무나도 가슴이 아팠다.

괜히 너스레를 떨던 무암의 웃는 모습이 그리워졌다. 한 평생 자신만을 보아주던 남자가 죽었다. 언젠가 이런 날이 올 줄 알고 있었으나 이렇게 빨리 올 줄은 몰랐다.

가슴이 뻥 뚫린 것처럼 허전했다.

과거의 자신은 왜 그런 선택을 했을까.

단순히 남자 보는 눈이 없어서였던 걸까?

술이라도 있으면 취할 때까지 한껏 들이키고 싶은 심정이었다.

그런데 그때 상청궁의 대청 안으로 망료가 들어왔다.

뚜걱, 뚜걱.

망료가 호리병을 들어 보였다.

"필요할 것 같아서."

"재주도 좋군."

단령경은 마다하지 않고 술을 받아 마셨다.

망료가 말했다.

"녀석이 묵룡과 쾌룡을 죽였소."

단령경은 술을 마시다 말고 멈칫했다.

진자강이 묵룡과 쾌룡을?

처음 만났을 때 진자강은 영봉조차 감당하기 어려운 수

준이었다. 그런데 그런 진자강이 어느새 묵룡과 쾌룡을 넘어섰단 말인가!

"물론 그게 다가 아니외다. 조금 전 당가가 포위를 풀고 철수했소."

단령경은 그게 갑자기 무슨 말이냐는 듯 망료를 쳐다보았다.

망료가 웃었다.

"당신들은 이제 살았다는 얘기요. 놈이 올 거니까."

단령경이 잠시 생각하다가 고개를 끄덕였다.

상황이 어떻게 돌아가는지 눈치챘다.

"당가의 여식이 본가로 되돌아갔군."

"역시 선랑! 맞소이다. 당하란이가 당가로 되돌아갔소. 당가의 철수는 그 이후에 이루어졌지."

당가의 핏줄은 그 어떤 때라도 외부의 상황보다 우선된다.

가뜩이나 자손이 귀한데 아이를 잉태한 혈족이라면 더욱.

그리고 그것이 독룡의 씨라면 더더욱.

"당가에서 대담한 선택을 했어."

"애초에 뇌락검인지 하는 작자가 사천 무림을 무시한 게 컸소이다. 청성파를 잡으러 오면서 당가와 아미파를 무시했거든. 당가로서는 핑계 삼아 무림총연맹에 시위를 할 수 있고, 일석이조인 셈인 거요."

"하지만 당가가 물러났다고 해서 우리가 살 수 있을 거란 보장이 있는가?"

"아미파까지만 물려 내면 나머지는 중소 문파의 잡졸들이오. 충분히 사천을 벗어날 수 있지. 생각지 못한 놈들이 끼어들지만 않는다면."

"생각지도 못한 자들이라……."

"아아, 뭐 미리 고민하지 맙시다. 말 그대로 생각지도 못한 놈들이니까 생각할 필요 없잖소?"

단령경이 피식 웃었다.

"아미파는?"

망료가 자신을 가리켰다.

"내게 달렸지."

"아무런 대가 없이 우릴 돕겠다?"

"그렇지 않소이다. 나같이 하잘것없는 놈들의 목숨값이야 잡풀 한 포기만도 못하지만 산동 사파의 고수들과 선랑의 목숨값까지 헐값은 아니잖소?"

"말 돌리지 말고 원하는 바를 말하라."

"그냥 살아만 주시오. 내가 이 노구를 이끌고 예까지 와서 살려 냈으니까, 최대한 죽지 말고 사시오. 할 수 있겠소이까?"

만일 평범한 상황에서 이런 얘기를 들었다면 단령경은 크게 화를 내었을 것이다. 그러나 지금은 충분히 할 수 있는 말이었다.

"결국은 무림총연맹이 목표인가?"

"정확히는 백리중이랄까."

"그는 절벽으로 떨어졌다."

"그가 그 정도로 뒈질 것 같소? 왜 지금껏 모습을 드러내지 않는지 몰라도 황금 눈깔을 가진 노인네가 그랬소이다. 백리중이 앞으로 벌어질 일들에 대비해 폐관 수련에 들어갔다고. 그런 놈이 뒈졌겠소이까?"

무림맹주인 해월 진인이 그리 말했다면…….

단령경의 표정이 굳었다.

"그가…… 살아 있다는 건가?"

당장이라도 달려가 뒤져 보고 싶다. 하지만 포위된 상황에 몇 날 며칠 절벽을 뒤질 수도 없는 노릇이었다.

"그러고 보니 무암 존사께서 등선하시기 직전에 금강천검에게 이상한 점을 느끼고 갑자기 달아나라 외치셨네."

단령경의 말에 망료가 혀를 찼다.

"이왕 갈 거면 무슨 일인지 좀 알려나 주고 가지. 쯧."

단령경이 무서운 표정으로 망료를 노려보았다.

"존귀한 분의 죽음을 모욕하지 말라!"

하나 망료는 겁먹지 않았다.

"선랑에게는 존귀한 분이라도 내게는 청성파도 지키지 못한 머저리에 불과하외다. 아아, 지금 확실히 해 둡시다. 내 행동에 불만이 있으면 난 지금이라도 손을 털겠소."

"네놈이 감히……."

단령경의 눈에 핏발이 섰다. 단령경은 마시던 호리병을 던져 깨 버리고 벌떡 일어섰다. 망료도 제자리에서 일어서 단령경을 마주 보았다.

단령경이 내뿜은 살기가 상청궁 안을 잠식했다.

궁의 전각이 몸을 떨었다.

푸스스스.

대들보에 얹혀 있던 먼지가 떨어졌다.

망료는 몸이 저릿저릿해지자 입가에 웃음을 띠었다. 살기에 반응한 온몸의 털이 모두 곤두서서 기괴한 모습이 되었다.

밖에 있던 사파인들이 놀라서 상청궁으로 뛰어들었다.

"선랑!"

단령경이 망료를 노려보며 이를 갈았다.

"네 이놈. 만일 그분을 한 번 더 모욕한다면 네놈의 그 입을 찢어 상청궁 지붕에 걸어 주겠다."

망료도 지지 않고 이를 드러내며 말했다.

"황금 눈깔 개같은 노인이 청성파를 잘 먹겠다면서 내게 준 게 뭔지 알아? 홍영단(虹英丹)이야. 그런데 내가 뭐가 있을 것 같아? 쌍! 사람이 선의로 대우해 줄 때 제대로 받아들여. 아니면 독룡이든 뭐든 그냥 다 뒈지는 수가 있으니까."

사파인들이 단령경에게 막 대하는 망료에게 살의를 드러냈다.

"이 빌어먹게 생긴 잡놈이 감히 선랑에게 지금 뭐라고 하는 거야?"

"한 번 도움을 줬다고 우릴 졸로 보나!"

하지만 망료를 노려보던 단령경이 손을 들어서 사파인들을 말렸다.

"그만둬."

"선랑! 저놈 너무 건방지지 않습니까!"

단령경이 잠시 입을 다물고 있다가 말했다.

"그럴 수밖에 없어. 내버려 둬."

홍영단.

불로장생을 목적으로 만들어진 도가의 영단들 중 하나다.

기혈을 맑게 하고 병치레가 없이 건강한 몸으로 만들어 주는 효능을 지녔다. 무림인이 복용할 경우 내공이 지속적으로 증진되어 점점 강해지는 효과도 있다.

그러나 대부분의 경우 끝이 매우 좋지 않았다.

홍영(虹英). 즉, 미간에 꽃 모양으로 무지갯빛이 어리기 시작하면 복용자가 미치기 시작한다. 미쳐서 이리저리 길을 헤매다가 죽는다.

그래서 제조가 금지된 영단.

그것을 해월 진인이 망료에게 준 것이다.

―가서 마음껏 날뛰다가 길에서 비참하게 죽어라. 괴물에게 딱 어울리는 죽음을 맞이하도록.

해월 진인이 말한 건 이미 망료의 마지막을 암시하는 말이나 마찬가지였다.

당시의 망료로서는 영약을 복용하지 않고는 달아날 수 없는 상황이었다. 해월 진인의 수하들이 지켜보고 있다가 영약을 복용한 후에야 탈출구를 열어 주었으니 말이다.

어쨌든 망료로서는 선택의 여지가 없었다.

"흐흐흐, 흐흐흐흐! 개 같은 노인네."

망료는 소름 끼치는 표정으로 웃었다.

그 모습을 복잡한 심경으로 단령경이 바라보고 있었다.

　　　　*　　　　*　　　　*

　진자강은 사천으로 들어섰다.

　당하란은 이미 당가대원으로 돌아갔다. 그 대가로 당가
는 청성산에서의 포위를 풀었다.

　어쩔 수 없는 선택.

　하지만 당하란에게는 그것이 가장 안전한 선택이기도 했
다.

　진자강은 청성산으로 곧장 길을 잡았다.

　한데 의외의 사람이 길에서 진자강을 기다리고 있었다.

　신융.

　제갈가의 가신 가문으로 제갈연의 호위 무사였던 이다.
암살자를 본 유일한 목격자.

　하지만 진자강은 신융의 표정에서 좋지 않은 기운을 느
꼈다. 그리고 그건 진자강도 마찬가지였다.

　그때와는 상황이 많이 달라진 때문이었다.

　"오랜만입니다."

　진자강의 인사에 신융이 돌아보지도 않고 말했다.

　"당가에서 철수했기 때문에 본 가에서도 당가와의 약속
을 끝내고 네 추적을 재개하기로 했다. 청성산으로 가는 거
겠지?"

"그렇습니다."

"가면 살아 나오지 못한다."

제갈가가 이번 일에 개입했다는 걸 의미하는 말이다.

당가를 제외시켰건만 이번엔 다시 제갈가의 개입이라니.

그야말로 첩첩산중이었다.

하지만 가지 않을 수 없었다.

"미리 언질을 주신 점, 감사합니다."

그제야 신융이 진자강을 쳐다보았다. 그의 눈에 혼란이
담겨 있었다.

"왜 그랬지?"

진자강은 대답하지 않았다.

신융이 입을 꾹 다물고 감정을 억눌렀다가 물었다.

"아가씨를 해친 살수는 어디였는가."

진자강이 대답하기도 전에 신융이 먼저 말했다.

"당가였겠지."

"그렇습니다."

"그런데 어째서 당가의 핏줄과 함께 있었는가."

진자강은 다시 대답하지 못했다.

"당가는 나의 원수이고, 아가씨의 원수다. 나는 흑막을
드러내겠다는 너를 믿었다. 그런데 너는 당가가 그 흑막인
것을 알면서도 나를 배신하고 당가의 핏줄과 놀아났다."

신융이 다시 물었다.

"처음부터 당가와 한패였던가? 나를 속인 건가?"

신융은 그것을 묻기 위해 홀로 진자강을 찾아 나온 것이다.

진자강이 대답하지 않자 신융이 소리를 질렀다.

"말해! 대답하지 않으면 지금 이 자리에서 네놈을 죽여 버리겠다!"

진자강은 천천히 고개를 저었다.

"무립니다."

"나를 죽여 입막음을 하겠다?"

"입막음할 이유가 없습니다."

진자강은 신융을 가만히 쳐다보았다.

"이제야 조금이나마 당신의 마음을 이해하게 되었습니다. 그것밖에 할 말이 없습니다."

"이해했다면서…… 묵룡까지 죽여?"

신융의 얼굴이 일그러졌다.

"그러니까 네놈의 그 이율배반적인 말과 행동을 이해할 수가 없단 말이다!"

신융이 검을 뽑아 진자강에게 달려들었다.

질풍처럼 달려와 검을 베었다. 진자강의 몸을 양단해 버리겠다는 듯이!

하지만 신융의 검은 끝까지 나아가지 못했다. 나아가다 말고 멈추었다. 진자강이 신융의 팔과 어깨, 몸통을 탈혼사로 감고 신융의 뒤로 돌아갔다.

신융은 몸이 묶여 꼼짝도 하지 못했다.

"크윽, 큭! 어, 어떻게 그사이에 이렇게 강해진······!"

진자강은 신융과 등을 마주댄 채로 탈혼사의 고리를 들고 있다가 실을 풀어서 회수했다. 신융은 탈혼사에서 자유로워지자마자 다시 진자강을 공격했다. 몸을 돌리며 검의 손잡이 밑부분으로 진자강의 관자놀이를 가격했다.

진자강은 신융의 뒷덜미와 어깨를 잡고 그대로 넘겨 버렸다. 신융은 몸이 한 바퀴 돌아가 대자로 바닥에 엎어졌다. 진자강이 신융의 등허리를 밟고 팔을 뒤로 돌려 꺾었다.

신융은 검을 놓쳤다. 진자강은 신융을 밀어서 거리를 떨어뜨렸다.

신융은 그래도 포기하지 않고 달려들려고 했다. 이 정도로 실력 차이가 벌어지게 되었다는 걸 믿을 수가 없었다.

진자강이 손을 들었다. 손에 암기가 들려 있었다. 신융이 달려든다면 그를 죽이겠다는 신호다.

"죽고 싶습니까?"

진자강의 물음에 신융은 어처구니가 없다는 듯 침을 뱉었다.

"죽여라. 복수를 하지 못한다면 차라리 아가씨를 따라 죽겠다."

"그러면 복수하는 걸 보지 못하게 될 겁니다."

"뭐라고?"

진자강이 말했다.

"제 복수는 아직 끝나지 않은 것 같습니다."

"개소리하지 마…… 당가에는 네놈의……."

하지만 진자강은 진지했다. 원한에 찬 신융의 시선을 피하지 않고 마주 보았다.

"당신이 복수하겠다면 피하지 않겠습니다. 하지만 아직 나는 스스로 이 복수를 끝낼 만큼 납득하지 못하였습니다."

신융은 천천히 칼을 주워 일어났다.

"개소리 잘 들었다."

신융이 아까보다 한결 가라앉은 목소리로 진자강에게 말했다.

"만일 네가 청성산에서 살아나게 된다면 너는 아가씨의 원수일 뿐만 아니라 제갈가 전체의 원수가 되겠지."

진자강은 불안한 분위기를 감지했다.

"멈추십시오!"

"지옥에서 지켜봐 주마. 네놈이 어디까지 걸어가는지."

신용은 칼을 들어서 자신의 심장을 찔렀다.

칵!

가슴을 뚫고 등으로 칼이 튀어나왔다. 입에서 피가 뿜어져 나왔다.

신용이 비틀거리며 무릎을 꿇었다.

진자강은 쓰러지는 신용을 붙들었다. 설마하니 신용이 자결까지 할 줄은 생각도 못 했다.

"어째서 그랬습니까."

신용이 피를 뿜으며 웃었다.

"나를 이해했다고 했나? 나는 소중한 걸 잃었다. 세상을 살아갈…… 의미도 없고…… 네게 복수할 힘도 없다…… 그럼 내게 남은 건 뭐지? 소중한 이를 잃은 세상은…… 그냥 아무것도 없는…… 암흑이야."

만일 당하란이 사라진다면 진자강도 그렇게 느끼게 될까?

신용의 숨이 점차 멎어 가며 몸이 싸늘해지고 있었다.

진자강은 마음 한쪽이 찌르르하며 아파 오는 것을 느꼈다.

복잡하게 얽히고설킨 감정과 은원의 끈.

그것은 복수행에 나선 이상 진자강이 평생 짊어지고 가야 할 운명의 무게인지도 몰랐다.

힘들고 아프고, 때로는 절망적이기까지 한 이 굴레들.

한 사람 한 사람이 가진 사연과 삶이 주는 무게.

"암흑……."

진자강은 그 어느 때보다 마음이 무거웠다.

"잘 가십시오……."

진자강은 신융의 시체를 내려놓았다.

"지옥에서…… 봅시다."

第五章

수라의 방식

청성파의 산자락 아래 설치된 지휘부의 막사.

청성파를 포위하고 있는 중소 문파의 문주 열세 명이 한자리에 모였다.

뇌락검 엽진경을 비롯한 검호대와 백호지황각이 전멸했고 금강천검 백리중은 행방불명 상태다. 거기다 당가에서 갑자기 포위를 풀고 돌아가 버린 탓에 상황이 묘해졌다.

"무림총연맹의 본단에서는 연락이 없소이까?"

"아직 없습니다. 섬서와 호광에서 지원 병력이 온다고 해도 시간이 걸릴 겁니다."

"아미파는 뭐라고 합니까?"

"아미파는 불가의 문파이니 먼저 공격하는 쪽에는 나서지 않겠다고 했소."

"허어, 하면 우리끼리 청성산으로 쳐들어가야 한다는 뜻이오?"

"성공만 한다면 크나큰 공적을 올리게 되겠소만……."

문주들의 얼굴이 꺼림칙했다. 아미파가 뒤에 있으니 버티는 건 할 수 있지만 공격하는 건 무리다. 뇌락검을 죽인 사파의 고수들, 특히나 산동요화가 있다. 일반 문도들의 피해가 극심하게 생겨날 터였다.

"우리끼리 들어가는 건 무모합니다."

"하나 그렇다고 언제까지 여기서 포위망을 유지하고 있을 수는 없는 일 아니외까?"

"그렇습니다. 수백 명이 몰려 있으니 음식 문제도 만만치 않습니다. 비용이야 추후에 무림총연맹에서 지불해 준다고 하지만 당장 근처에 식량이 동나서 멀리서 운반해 오고 있습니다. 아시다시피 가까운 귀주 지부는 독룡에 의해 통째로 날아가 버려서……."

문주들이 말없이 묵묵한 얼굴이 되었다. 귀주 지부만 남아 있었어도 그런 문제는 별 어려움 없이 지원이 되었을 터였다.

문주들은 탄식했다.

"이제 와서 물러날 수도 없고……."

당가가 야속하기도 하고 뇌락검과 금강천검이 원망스럽기도 했다.

"무림총연맹에서 이 같은 일을 예측하지 못했다는 걸 믿을 수가 없소이다."

"맹주가 큰 부상을 당했으니 거기라고 정신이 있겠소이까?"

문주들이 불평을 털어놓았다.

"하필이면 이런 일에 낀 우리가 잘못이지."

"당가가 물러날 때 같이 갔어야 했소."

그런데 그때 밖이 소란스러워졌다.

"좀 나와 보십시오!"

무사들이 소리쳤다.

문주들은 막사를 들추고 밖으로 나왔다.

무사들이 좌우로 갈라진 가운데를 한 명이 걸어오고 있었다.

문주들의 눈이 휘둥그레졌다.

"배, 백리 대협!"

온몸이 베여서 옷이 너덜너덜한 데다 핏자국과 시커먼 흙먼지로 뒤덮인 초췌한 몰골이었지만 분명 백리중이었다.

"어, 어떻게 된 거요? 왜 이제야……."

백리중이 날카로운 눈빛을 빛내며 혼잣말처럼 말했다.

"내가 좀 늦었나."

"사라진 지 칠 주야나 되었소이다."

"흠."

백리중이 머리통 하나를 들어 보였다.

"잃어버린 머리를 찾느라."

백리중이 들어 올린 것은 무암 존사의 머리였다.

"헉!"

문주들이 신음을 삼켰다.

강호 십대 문파중 하나인 청성파의 문주이며 일사이불삼도이왕, 그 삼도 중의 한 명이 공식적으로 죽은 것이다.

그것은 백리중이 마침내 무암 존사를 넘어섰으며 강호의 새로운 강자로 등극하게 되었다는 의미이기도 했다.

무암 존사는 죽은 지 오래되어 잘린 목에서 핏물도 흘러 나오지 않았고 얼굴엔 새나 짐승이 살을 파먹은 흔적까지나 있었다. 그러나 어쩐지 웃고 있는 듯한 표정이어서 기괴하기 그지없었다.

"욱."

근처에 서 있던 이들 중 비위가 좋지 않은 몇 명이 신 침을 삼켰다.

백리중이 살짝 미소를 띠고 말했다.

"들어갑시다. 배가 고프군."

백리중이 앞장서서 막사로 들어갔다. 문주들이 백리중을 따라 막사로 들어섰고, 한 명이 무사들에게 일러 음식을 가져오게 했다.

딱딱하게 말린 육포 한 줌이었다.

"죄송합니다. 식량 수급이 제대로 되지 않아 지금은 이것뿐입니다. 사슴의 뒷다리를 굽고 있으니 조금만 기다리시면……."

백리중은 막사에 앉아서 육포를 한입에 털어 넣더니 손짓했다.

"구울 필요 없으니 그냥 가져오라고 하시오."

백리중은 무사가 가져온 사슴의 뒷다리를 생으로 씹고 뜯었다.

"오면서 들으니 슬슬 물러날 준비들을 하신다고?"

"그건……."

문주들이 서로 눈치를 보다가 한 명이 말했다.

"뇌락검이 죽고 당가에서 물러나는 바람에 우리 힘만으로는 청성산을 칠 수가 없게 되었소이다."

백리중은 왜인지 먹는 데 여념이 없어서 문주들의 말에 귀를 기울이는 것 같지 않았다.

백리중이 질긴 힘줄을 이빨로 당겨서 끊고 씹으며 말했다.

"그럴 수 있지. 내가 돌아왔으니 이제 걱정하지 않아도 될 것이오. 기력을 회복하는 대로 잔당을 처리하러 갑시다. 그나저나 먹을 게 부족하군."

"말했듯이 수급에 문제가 있어서 그것도 사냥으로 얻은 것이외다. 남은 거라곤 내장이나 가죽뿐인데……."

"다 가져다주시오."

문주들은 어안이 벙벙할 지경이었다. 무사들이 해체하다 만 사슴 반 마리를 가져왔다.

백리중은 가죽도 벗기지 않은 사슴의 살점을 뜯고, 그것도 모자라 내장까지 뜯어 먹었다.

문주들은 백리중의 기이한 행동과 압도적인 기운에 침묵했다.

백리중이 돌아왔으니 다행스럽다고 생각하는 한편, 분위기는 다소 어색했다.

"내가 너무 걸신들린 듯 먹었나?"

백리중이 껄껄 웃으며 사슴의 심장을 들어 보였다.

"보기엔 좀 그렇지만 같이 드십시다."

문주들 중 한 명이 어쩔 수 없이 대표해서 말했다.

"나는 칠성문에서 온 나일이라는 사람이오. 백리 대협,

아셔야 할 일이 있소."

"칠성문의 나 문주시구려. 반갑소. 그런데…… 흠, 표정들이 다 이상하군. 무슨 일이오? 어려워하지 말고 편히 말씀해 보시오."

칠성문의 문주 나일이 어렵사리 입을 열었다.

"묵룡이 죽었소이다."

멈칫.

백리중은 심장을 씹던 채로 멈췄다.

"누구외까?"

"독룡이오. 귀주로 향하다가 양가의 쾌룡과 함께 놈에게 당했다고 합디다."

한동안 긴 침묵을 유지하던 백리중이 길게 숨을 내쉬었다.

"후우."

문주들이 긴장하여 마른침을 꿀꺽 삼켰다.

묵룡 백리권은 백리중의 양자임과 동시에 제자였다. 백리중이 각별하게 아끼는 것도 소문이 나 있었다.

그런데 그런 묵룡이 죽었으니, 백리중의 상심이 얼마나 클지 헤아리기 어렵다.

"그래……."

백리중은 천천히 심장을 씹었다.

으적으적.

핏물이 흐르는 생 심장의 쫄깃하면서 아삭한 식감이 소리로 고스란히 전해졌다.

"제자로서는 둘도 없이 믿음직하고 착한 녀석이었지만 아들로서는 영 믿음직스럽지 못한 바보였소."

입과 손에서 핏물을 줄줄 흘리면서 백리중이 계속 말했다.

"우직해서 한 길만 파는 외골수라 제자로서는 좋았는데, 세상을 살기에는 약삭빠르지 못했소. 늘 아비에게 걱정을 끼쳤지."

문주들은 백리중을 위로하기가 어려웠다.

"안 좋은 소식을 전하게 되어 미안합니다."

문주들은 백리중이 혼자 시간을 갖도록 자리를 비켜 주었다. 백리중은 혼자 남아서 계속해서 사슴의 부속물을 씹어 먹었다.

"독룡."

우적, 우적……

가죽이고 발톱이고 가리지 않고 전부 씹었다.

"독…… 룡."

오도독, 오독.

"독…… 룡……"

중얼거리면서 무심코 손을 뻗었는데, 손에 닿은 건 사슴이 아닌 무암 존사의 머리통이었다. 그사이에 사슴 반 마리를 전부 먹어 치운 것이다.

백리중은 무암 존사의 머리를 빙글 돌려 정면으로 보았다. 웃고 있는 듯한 표정이 마음에 들지 않았다.

"자네, 자네는 죽어서도 심각한 민폐를 끼치는군. 자네가 내 식탐을 자극하지만 않았으면, 그래서 내가 빨리 일어서서 나왔으면, 그러면 혹시나 내가 아들을 구할 수 있었을지도 모르잖은가. 응?"

백리중은 무암 존사의 뺨을 손가락으로 눌러서 이를 부러뜨리고 입을 찢었다. 웃는 표정을 울상으로 바꾸었다.

무암 존사의 머리통을 잡고 있는 백리중의 손이 떨렸다. 백리중은 초인적인 인내로 감정을 참고 있었다.

"독. 룡."

백리중은 피눈물을 흘리며 웃었다. 독룡 진자강의 이름이 그의 뼈에, 골수에, 새겨졌다.

*　　　*　　　*

사천의 중소 문파들은 백리중의 귀환으로 상당히 고양되었다. 백리중이라는 초고수가 있으니 걱정없이 전열을 재정비하여 청성산을 토벌할 준비를 진행할 수 있게 된 것이다.

한데 거기다가 일이 잘 풀리려는지 뜻밖에 제갈가까지 합류했다.

제갈연의 숙부이자 제갈가의 이인자인 제갈명이 제갈가의 무사 오십 명을 이끌고 찾아온 것이다.

"적의 수는 적지만 한 명 한 명의 실력이 낮지 않으므로 무작정 싸우는 것은 옳지 않소. 이쪽도 소수의 고수들이 나서서 최대한 피해 없이 사파 것들을 하나씩 처치하되, 놈들이 궁지에 몰리면 반드시 달아날 터. 나머지 사람은 오히려 산 아래에서 포위를 단단히 구축하고 있는 것이 좋소."

당연히 제갈명이 내민 것은 구궁팔괘진이었다. 중소 문파의 무사들까지 포함한 인원으로 청성산을 구궁팔괘진으로 가둔 후, 한 명도 남김없이 잡아낼 생각이었다.

중소 문파의 문주들은 그에 동의하여 지휘권을 제갈명에게 넘겨주었다. 구궁팔괘진을 완벽히 이해하지 못하였더라도 사흘이면 충분한 위력을 보일 수 있다는 것이 제갈명의 설명이었다.

"하지만 그 전에 한 가지."

제갈명이 문주들과 백리중을 보고 말했다.

"귀주에서 불상사가 있었다는 점, 모두 들으셨을 것이외다. 독룡이 이쪽으로 오고 있는 것이 확인됐소."

중소 문파의 문주들이 백리중의 눈치를 살폈다. 백리중은 아주 잠깐 노기를 감추지 못했지만 잘 참아 냈다.

"우리 중에는 놈에게 받을 것이 있는 이들이 있소이다. 하여 놈을 먼저 끌어들일 것을 제안하오. 그것이 아니더라도 구궁팔괘진의 밖에서 놈이 독을 쓰기 시작한다면 진이 제대로 작동하지 못하게 될 것이오."

진자강을 청성산으로 끌어들여서 함께 일망타진하자는 뜻이다.

문주들은 모두 수긍했다. 그리고 최종적으로 백리중의 판단을 기다렸다.

백리중도 거부하지 않았다.

"그럽시다."

제갈명이 백리중을 쳐다보았다.

"놈에 대한 본 가의 원한이 적지 않으나, 놈의 목은…… 검각주께 넘겨드리겠소."

"아니. 목은 거기서 가져가시게."

백리중이 음산한 표정을 지으며 말했다.

"목을 제외한 나머지는, 손톱 한 조각, 털끝 한 오라기까지 내가 다 가져가도록 하지."

제갈명은 구궁팔괘진의 연습을 빌미로 포위망 몇 군데에 허술한 구멍을 만들어 놓았다. 그리고 구멍에 적당한 함정을 심었다. 치밀한 성격의 진자강이라면 반드시 그쪽을 확인하고 지나갈 거라고 생각했다.

*　　　*　　　*

진자강은 사천에 들어와 청성산에 대한 소식부터 확인했다.

청성산은 아직 함락되지 않았다. 그리고 백리중이 나타난 것과 제갈가가 합류한 것까지 확인했다. 빈틈을 뚫고 들어갈 여지가 있어 보였다.

하지만 진자강은 가지 않았다.

청성산의 주위를 돌며 좀 더 지켜본 후 오히려 청성산을 떠났다.

그리고 청성산에 다시 나타났을 때에는 나흘이 지난 후였다.

*　　　*　　　*

청성산에 갇힌 망료와 산동 사파인들도, 아래 자락을

지키고 있는 무림총연맹의 이들도 모두가 긴장하고 있었다.

　다른 처지에 있는 수백 명의 무인들이 진자강 단 한 명을 기다리며 숨죽이고 있었던 것이다.

　그러던 중, 해가 중천에 뜬 한낮에 소란이 일었다.

　보초를 서고 있던 무사가 달려와서 소리쳤다.

　"독룡! 놈이 나타났습니다!"

　제갈명과 문주들이 즉시 모였다.

　"어디냐!"

　무사가 눈을 크게 뜬 채로 마른침을 삼키고 말했다.

　"조화문이 담당하고 있는 남서쪽 포위선 안으로 들어왔습니다!"

　"놈이 맞는가?"

　"맞습니다. 멀쑥한 외모에 왼발을 절고 있습니다."

　"놈은 어디로 가고 있지?"

　무사가 눈을 크게 뜨고 황망한 듯이 대답했다.

　"이, 이쪽으로 오고 있습니다."

　"이쪽이 어디냐?"

　"바로 여기, 지휘부가 있는 이쪽으로 정확히 오고 있습니다!"

　"뭐라고!"

문주들은 어이가 없어서 제갈명과 백리중을 번갈아 보았다.

제갈명이 이마를 찌푸렸다.

"무슨 의도지?"

하지만 백리중은 뭔가를 곰곰이 생각하더니 중얼거렸다.

"승부를 걸고 있는 건가?"

백리중이 웃지도 않고 말했다.

"이제 와 생각해 보니 망료 그놈이 말한 것에서 조금도 틀리지 않군. 놈은 자꾸만 상리(常理)를 벗어난 짓을 한다고 했지. 그게 그놈의 생존 방식일 것이오."

제갈명도 그동안 벌여 온 진자강의 행적을 떠올렸다. 충분히 납득될 만한 행동이었다.

"그렇다면 우리 쪽에서는 상리로 대해 주도록 하겠소이다. 미친놈과 싸우는 데 같이 미칠 필요는 없소."

백리중과 제갈명, 그리고 사천 문파의 문주들은 막사에서 진자강을 기다렸다.

설마하니 정말로 뻔뻔하게 나타날까 하는 일말의 의구심을 가진 채로.

그런데 정말로 나타났다.

절룩, 절룩.

아무렇지도 않게.

무사들이 잔뜩 경계하며 무기를 곧추세운 채 둘러싸고 있는 데도.

진자강은 발을 절며 문주들이 잔뜩 있는 막사로 걸어 들어오고 있었던 것이다.

한데 심지어 의복이 묘했다. 싸움에 어울리지 않는 고급진 비단이었다. 하얀 피부의 외모와 어울려 고관대작의 자제 같은 느낌이 물씬 풍겼다.

그런 꼴로 적진 한가운데를 들어오고 있으니 기가 막히지 않을 수가 없었다.

진자강의 배짱에 문주들은 혀를 내둘렀다.

"별 미친놈을 다 보겠군."

그러나 그 미친놈이 운남 독문을 작살내고 제갈가의 구궁팔괘진을 돌파했으며 영봉과 묵룡, 쾌룡까지 죽였다.

저 허세가 마냥 근거 없는 행동으로만은 보이지 않는 이유다.

절룩, 절룩.

문주들은 진자강이 다가올수록 오히려 조금씩 긴장되었다. 도대체 무슨 수를 숨기고 있는지 알 수가 없었다.

진자강은 백리중들과 스무 걸음 정도를 앞에 두고 멈춰 섰다.

무사들이 진자강의 뒤쪽을 잔뜩 포위하여 달아나지 못하게 막아섰다.

하지만 진자강은 겁을 먹지도 않고 태연자약했다.

그 모습에 분노한 백리중이 무의식적으로 살기를 뿜었다.

스스스.

문주들이 몸을 움찔거렸다. 스산한 살기가 주위에 퍼졌다. 백리중의 몸에서 뻗어 나오는 살기가 주변을 잠식하고 있었다.

백리중이 물었다.

"죽을 자리를 찾아왔느냐."

진자강은 백리중을 빤히 쳐다보았다.

"언젠가……."

잠시 말을 끊었던 진자강이 말을 이었다.

"말했잖습니까. 인사를 하러 찾아왔습니다."

백리중의 눈 옆 관자놀이에 핏줄이 불쑥 튀어나왔다.

희미한 기억 속에서 열 살 사내아이가 남긴 말이 기억나기 시작했다.

백화절곡의 공판날.

당돌한 아이가 말했다.

—저는 남들의 도움을 바라는 일이 얼마나 어리석은 일인지 깨달았어요. 꼭 감사 인사를 드리러 찾아뵐게요.

　그 열 살 아이가 자라서 자신의 양자를 죽이고 앞에 나타났다.

　그리고 말한다.

　"나를 기다리겠다고 대답하지 않았습니까, 무림총연맹의 조정관 백리 대협. 설마하니 나를 잊은 건 아니겠지요."

　"기억난다."

　백리중은 살기가 충천하여 눈에 핏발이 서기 시작했다. 소름이 끼칠 정도의 살기를 뿜어내며 백리중이 한 걸음을 앞으로 나와 양팔을 벌렸다.

　어찌나 화가 났는지 이를 악물어서 잇몸이 터져 잇새로 피가 맺혀 있었다.

　"칭찬해 주마. 십 년 전의 약속을 잊지 않고 찾아왔구나. 그래서 어쩔 생각이지?"

　진자강은 천천히 백리중에게 고개를 숙였다.

　"감사드립니다. 덕분에 이제껏 죽지 않고 살아남았습니다."

　빈정거림 하나 없이 정중한 태도의 말투었다.

오히려 백리중이 날카로운 말투로 빈정거렸다.

"오냐. 받았으면 치러야지. 그것이 강호의 이치다. 대가는 뭐로 내놓을 테냐. 네놈의 목?"

"그럴 리가 있습니까?"

고개를 든 진자강이 말했다.

"내 생각과 달리 나는 수많은 사람들의 도움으로 이 자리에 서 있을 수 있었습니다. 결국 세상은 혼자 사는 게 아니더군요."

백리중이 터져서 말라붙은 한쪽 입술을 치켜 올려 웃었다.

"그럼 그놈들도 하나하나 다 잡아서 죽여야겠구나. 한동안 심심하지 않겠어."

스르렁!

진자강이 뒤 허리춤에서 낫을 꺼내 들었다.

"그 전에 할 일이 있지 않겠습니까?"

문주들이 흠칫했다.

"설마……?"

제갈명이나 문주들도 그때까지 계속해서 설마 진자강이 싸우러 온 건 아니겠지, 하는 생각을 하고 있었다. 아무리 미친놈이라고 하더라도 고수들은 물론이고 일반 무사들까지 수백 명이 기다리고 있는 한복판에서 싸움을 걸지는 않을 것이라고 생각한 것이다!

하지만 그 생각을 비웃기라도 하듯 진자강은 내공을 끌어 올렸다.

진자강의 발치에서부터 정수리까지 한 번에 소용돌이가 치밀어 오르며 내공이 옷을 부풀렸다. 양손에 든 낫에서 서늘한 기운이 뿜어 나왔다.

"설마 진짜로!"

"저런 미친놈!"

그 순간 진자강이 땅을 박차고 백리중에게 달려들었다. 진자강은 순식간에 백리중의 앞에 와 낫을 휘둘렀다.

팍!

백리중의 코앞을 낫이 스치고 지나갔다. 진자강이 최선을 다했지만 빗나갔다. 백리중은 고개를 살짝 뒤로한 채 진자강을 노려보고 있었다. 아주 살짝 움직인 것만으로 진자강의 첫 초를 피했다.

백리중이 차갑게 말했다.

"신법은 형편없고, 초식은 거칠고. 유일하게 봐줄 만한 건 살기뿐이냐?"

진자강은 바닥에 납작 엎드려서 바닥을 돌며 낫으로 백리중의 발목을 찍었다. 백리중이 발을 들었다가 낫을 밟았다.

쾅!

발바닥에 밟힌 낫이 깨져 나가며 진자강이 휘청거렸다. 진자강은 바닥을 반대쪽 낫으로 찍고 몸을 돌려 발로 백리중의 오금을 걸어찼다.

퍽.

백리중은 맞으면서도 서서 버렸다. 진자강이 연신 발로 백리중의 한쪽 다리를 걸어찼다.

퍽! 퍽퍽!

백리중은 내공을 담아 천근추로 버티면서 진자강을 내려다볼 뿐이었다. 백리중이 발을 들자 진자강이 순간 몸을 돌려 누우면서 팽이처럼 몸을 돌렸다.

딸깍.

진자강의 손에서 탈혼사가 분리됐다. 분리된 탈혼사가 백리중이 든 발에 감겼다. 탈혼사만큼은 백리중이라고 해도 쉽게 볼 수 있는 물건이 아니다. 하지만 백리중은 탈혼사가 미처 감기기도 전에 들어 올린 발로 진자강의 가슴을 짓밟았다. 진자강은 탈혼사를 돌리면서 몸을 틀었다. 백리중의 발이 진자강의 옆구리 바로 옆을 지나가 바닥에 박혔다.

백리중은 발목까지 박힌 발에 힘을 주어 진자강을 걸어찼다. 진자강은 가슴을 얻어맞고 이 장이나 날아가 나뒹굴었다. 백리중은 바로 연이어 쫓지는 않았다.

백리중의 종아리와 무릎에는 무려 네 자루나 되는 침이 박혀 있었다. 백리중이 다리에 힘을 주자 침이 스스로 밀려나와 떨어졌다. 박힌 자리에서 독액까지 밀려나와 맺혀 흘렀다.

"얕아."

백리중은 순간적으로 다리의 근육을 축소시켜서 침이 기혈까지 깊이 박히지 못하게 만든 것이다.

진자강은 바로 몸을 일으켜 탈혼사를 당겼다. 백리중이 다리를 뽑아내고 훌쩍 뛰어올라서 탈혼사를 피했다. 진자강은 다시 백리중에게 달려들며 독침을 던졌다.

백리중은 검도 뽑지 않고 소매를 휘젓는 것만으로 대부분의 독침을 바닥에 떨궜다. 하나 그중에 한 자루가 소매를 꿰뚫었다. 백리중의 머리카락 사이를 스쳐 지나갔다.

"섬절이군. 당가는 혼이 좀 나야겠어."

진자강은 방향을 바꿔 가며 계속해서 백리중에게 독침을 던져 공격했다. 백리중은 오른손에 내공을 집중해 뒤로 뻗었다가 앞으로 내밀려다가 멈칫했다.

꿩가…….

진자강이 교묘하게 자리를 바꾸는 바람에 문주들이 진자강의 뒤에 선 병풍처럼 되고 말았다.

백리중은 진자강의 생각을 알아챘다. 백리중이 힘껏 손을 쓰기엔 옆에 있는 문주들이나 무사가 오히려 방해되고 있었다. 하나 그렇게 약삭빠른 짓을 한다고 해도 백리중이 진자강을 처리하지 못할까?

백리중의 몸이 순간 흐릿해졌다.

진자강의 신법과는 큰 차이가 있었다. 백리중의 몸이 순간적으로 몇 번이나 진자강의 사각으로 파고들며 진자강을 압박했다. 진자강은 횡으로 낫을 베며 뒤로 물러나 바닥에 탈혼사를 깔려 했다. 하지만 백리중은 진자강을 놓치지 않고 내내 코앞까지 따라붙었다.

진자강이 아무리 물러나도 계속해서 백리중의 면상이, 분노한 눈이 바로 코앞에 있었다.

진자강은 한 모금의 호흡을 끌어 올렸다. 순간 백리중이 진자강의 복부를 무릎으로 찼다.

숨을 들이쉬는 순간을 읽고 정확하게 찬 공격이라 진자강은 숨이 턱 막혔다. 백리중이 진자강의 머리를 잡고 들어 올렸다.

"크으윽!"

진자강은 머리가 빠개질 듯한 통증을 느끼며 낫과 탈혼사를 놓쳤다. 대신 양손에 내공을 끌어모아 백리중의 양쪽 관자놀이를 쳤다. 네 개의 둑을 모두 이용하여 뿜어낸 쌍장이다.

백리중도 천인신검으로 내공을 끌어 올려 왼손을 들어 막았다. 팔꿈치로는 진자강의 오른손을 막고 손바닥으로는 진자강의 왼손을 마주쳤다.

내공을 담은 손바닥끼리 부딪치며 손바닥에서 쇠 긁는 소리가 났다.

카카칵! 카칵!

진자강의 손이 바르르 떨렸다. 진자강의 눈이 갑자기 커졌다.

백리중은 진자강의 표정에서 묘한 느낌을 받았다.

"흠?"

백리중이 아주 살짝 눈을 찡그렸다.

진자강의 표정이 변한 이유를 깨달은 것이다.

백리중의 천인신검과 자신의 옥허구광 오뢰합마공이 부딪쳤을 때 일어나는 현상을 감지한 게 틀림없었다.

그렇다면 진자강이 이상한 느낌을 받는 것도 무리는 아니었다.

진자강은 백리중의 가슴을 발로 차고 머리를 빼내 뒤로 몸을 날렸다. 바닥을 구르면서 낫과 탈혼사를 챙겼다.

문주들은 왜 백리중이 진자강을 쫓지 않는가 의아해했다. 그런데 놀랍게도 백리중이 비틀거렸다.

그러더니 한쪽 무릎까지 꿇는 게 아닌가!

"검각주!"

문주들의 외침에 백리중이 고개를 흔들어 털더니 손을 들어 괜찮다는 의사를 표시해 보였다.

그러곤 자리에서 일어나 자신의 왼팔을 살폈다. 눈에 보이지 않는 팔꿈치 쪽에 침이 박혀 있었다. 침을 맞은 주변의 살이 시커멓게 변색되었다.

지독한 독이다. 백리중으로서도 처음 보는 독이었다.

진자강이 물었다.

"이번엔 제대로 깊숙이 들어갔습니까?"

백리중은 대답 없이 진자강을 노려보았다. 진자강이 다시 말했다.

"다른 듯하나 같고, 같은 듯하나 다르군요."

천인신검과 옥허구광 오뢰합마공은 다른 듯하나 같고, 제자인 묵룡의 천인신검과 백리중의 천인신검은 같은 듯하나 다르다.

진자강은 옥허구광 오뢰합마공에 얽힌 비사를 현교의 광명정사 야율환에게 들었다. 그리고 방금 백리중이 같은 원류의 내공을 익혔음을 확인했다.

하지만 뭔가 이상했다.

진자강이 의문스러운 눈으로 물었다.

"일곱 개 이상의 소용돌이가 느껴졌습니다. 당신이 어째서 후반부를 알고 있습니까? 아니, 어째서 제가 아는 것과 상이한 느낌이 듭니까?"

백리중의 눈이 살기로 번들거렸다. 더 이상의 대화는 위험하다. 양자의 복수도 복수지만 지금 죽여야 후환이 사라진다.

방금까지의 백리중은 진자강을 단번에 죽이지 않도록 노력했다. 백리중으로서도 확인할 것이 있었고, 진자강으로서도 확인할 게 있었다.

그러나 진자강이 야율환에게 모든 것을 전수받은 걸 알게 된 이상 이젠 그럴 필요가 없다.

백리중은 말없이 내공을 다시 그러모았다.

백리중이 전력을 다할 것을 눈치챈 진자강은 더 이상 미련을 갖지 않았다.

"오늘은, 인사만입니다."

"그건 내가 정한다."

백리중이 막 뛰쳐나가려는 순간 진자강이 문주들의 사이로 뛰어들며 소매에서 다량의 독분을 털어 냈다.

"독이다!"

"독이야!"

방금 백리중이 무릎까지 끓었을 징도로 상력한 독을 소

유한 걸 주변의 이들이 전부 보았다. 문주를 비롯한 무사들이 기겁해서 물러섰다.

엄청난 양의 독분이 뿌려져서 진자강의 몸이 뿌옇게 가려졌다.

고비 사막에서 불어오는 황사의 모래바람이 아주 심한 날처럼 희뿌연 가루가 뭉게뭉게 퍼졌다. 문주와 무사들은 독분을 피해 달아날 뿐 함부로 접근하지 못했다.

벌써 몇몇이 독분 일부를 흡입하고 쓰러졌다.

백리중은 진자강을 쫓으려다가 말고 가만히 서서 지켜보았다.

제갈명은 바닥에 떨어진 독분을 살짝 부채 끝으로 찍어 혓바닥으로 맛보았다. 고개를 갸웃거린 제갈명은 곧 침을 뱉었다.

제갈명이 옆으로 돌아다니다가 다시 독분을 찍어 맛보았다. 한데 이번엔 인상이 대번에 변하며 침을 뱉었다. 그사이에 침에 피가 섞였다.

"뭔지 알 수 없는 혼합독이외다. 뭐가 이렇게 제각각인지 모르겠는데…… 하나만 확실하군. 꽤나 지독하다는 것."

제갈명도 진자강이 점점 멀어지고 있는 것을 보았다. 하나 뒤쫓으라는 명령을 내리지 않았다.

곡풍(谷風)이 불고 있다.

가벼운 독분들이 바람을 타고 산 아래에서 위로 올라가고 있었다. 진자강은 독분에 휩싸여 바람을 따라 산으로 올라간다. 진자강을 뒤쫓으면 계속해서 독분을 마시며 따라가야 하는 것이다.

산중이라 나무에 가려져 창이나 활을 쏘는 것도 어려웠다. 어차피 쏜다고 해도 얌전히 맞아 줄 진자강이 아니다. 아미파의 고수들이라도 도와준다면 모를까, 그들은 자신들이 맡은 지역을 지키기만 할 뿐 나서지 않고 있었다.

"아미파가 오지 않는구려."

이렇게 소동이 났는데도 오지 않는 걸 보면 아미파가 개입하지 않겠다는 의도는 명확했다. 처음에 적극적으로 나섰던 것과는 영 반대의 모습이었다.

"청성파의 제자들이 모조리 달아나서 먹을 게 없어서인지도 모르겠소. 하면 우리도 독룡이 독분을 소모하도록 따라가는 흉내만 내야겠소이다. 뒤따라가 봐야 피해만 입겠소. 얼치기들이 버텨 낼 수 있는 독이 아니구려."

제갈명이 부채를 들어 진자강을 쫓는 흉내만 낼 것을 명령했다.

진자강은 계속해서 독분을 뿌리며 달아나고 있었다.

제갈명이 백리준이 옆에 서서 밀했다.

"놈은 이전에도 산곡풍을 이용한 적이 있었지. 정말로 대담한 놈이오."

백리중은 제갈명의 말에 대답하지 않았다. 다만 분노를 담아 달아나는 진자강의 뒷모습을 노려보며 중얼거렸다.

"감히."

진자강은 또다시 선을 넘었다.

백리중을 이용했다. 자신이 세운 계획의 말판으로.

처음부터 막사를 노린 것은 어쩌면 백리중이 있는 걸 알고서 한 행동은 아닐지도 모른다. 백리중이 없었다면 제갈명이나 다른 문주를 노렸을 수도 있다.

하지만 가장 강력한 고수인 백리중을 공격하면 주변에서 개입하지 않을 걸 알았다. 체면이든 자존심이든 고수의 싸움에 하수가 끼어들 수는 없다. 즉, 주변에 아무리 많은 무사가 있어도 어떻게든 일대일로 싸울 수 있게 되는 것이다.

일대일의 상황에서 진자강이 노린 것은 하나.

어떻게든 독침을 써서 단 한 번이라도 백리중을 중독시키는 것이었다.

가장 강한 고수인 백리중이 중독될 정도인데 다른 누가 진자강에게 덤빌 수 있겠는가!

희뿌연 독분을 눈에 보이도록 펄펄 뿌리고 있는 것도 그 때문이다. 독살이 목적이 아니라 겁을 먹고 다가서지 못하게 하는 것이 목적이다.

그러곤 유유히 곡풍을 따라 휘날리는 독분에 속도를 맞추어 산으로 올라가고 있다.

심지어 진자강은 상대가 백리중이었기 때문에 옥허구광오뢰합마공에 대한 정보까지 덤으로 얻어 갔다. 진자강은 의도했던 모든 걸 가져갈 수 있게 된 것이다.

"자신감인가…… 도박인가."

백리중에게 덤벼든 것은 도박이었고, 백리중에게 독침을 찌른 것도 도박이었다.

하지만 백리중 같은 고수도 독침을 찌르기만 하면 확실히 중독시킬 수 있다는 건 자신감에서 나온 행동이었다.

제갈명이 백리중을 힐끗 보며 말했다.

"생각보다 굉장한 독을 가지고 있는 것 같소. 밤이 되어 산풍(山風)이라도 불게 되면 골치가 아프겠군."

밤에는 산에서 산자락 아래로 바람이 분다.

일반적으로는 자신의 냄새나 소리를 알리지 않기 위해 바람의 반대 방향으로 움직이기 마련이다. 하지만 독분을 뿌리면서 내려오면 얘기가 달라진다. 바람이 독분을 싣고 와 강력한 무기가 된다.

"오늘 밤. 조심해야겠소. 전원에게 전투를 대비시켜야겠소이다."

곧 제갈명이 문주들을 불러 철저히 대비하도록 일렀다.

*　　　*　　　*

욱씬!

망료는 상청궁에서 지팡이를 깎으며 시간을 보내고 있다가 몸을 움찔했다.

왼쪽 눈의 안대를 매만졌다.

"흠……."

망료는 바로 일어나 상청궁의 전각 위로 올라가 아래를 내려다보았다.

입가에 미소가 맺혔다.

"역시나."

아래가 소란스러웠다.

망료는 즉시 단령경에게 가서 말했다.

"헤어질 시간이 됐소. 독룡이 올라오고 있소이다. 나는 이만 자리를 비켜드리오리다."

단령경이 물끄러미 망료를 쳐다보며 물었다.

"당신은 어디로 갈 작정인가?"

망료가 웃었다.

"나는 달아날 구석이 있지. 괜히 나를 보고 놈의 감정이

격해져서 탈출이 실패하면 안 되니까. 어쨌든 아미파는 댁
들을 방해하지 않을 테니, 염려 마시오."

망료는 지팡이로 북쪽을 가리켰다.

"저쪽만 피하면 될 거요. 아미파에는 이미 언질을 해 뒀
소."

아미파가 있는 자리를 가리킨 후, 망료는 바로 떠났다.

산동 사파인들이 진자강이 올라온다는 얘기를 듣고 모여
들었다.

약 한 시진 후, 해가 서산으로 넘어갈 즈음에 진자강이
산문에서부터 정문의 계단 위로 올라왔다. 숨어 오는 것도
아니고 정면으로 당당하게 올라오고 있었다. 산문 멀리에
쫓아오던 무림총연맹 무사들이 지켜보고 있다가 돌아가는
모습도 보였다.

감충이 "허허" 하고 웃었다.

"어이어이, 정말로 왔잖아."

팔비마걸 구륜도 어이없어하며 혀를 찼다.

"저 소란을 피우면서 정문으로 멀쩡히 들어오고 있다고?"

편복이 반가워했다.

"나는 올 줄 알았다고! 독룡이라면 그럴 줄 알았어! 도대
체 무슨 신묘한 수를 쓴 거야!"

소소가 달려가서 진자강의 앞에서 웃으며 맞이해 주었다. 진자강은 옷이 좀 찢기고 더러워졌지만 큰 부상이 없었다. 소소가 마실 물과 수건을 주었다.

소소의 표정이 상기되어 있었다. 무림총연맹 귀주 지부에 대한 얘기를 들었기 때문이다. 하지만 진자강에게 직접 듣고 싶어 하고 있었다.

진자강은 무릎을 꿇고 소소와 눈을 맞추며 말했다.

"소소, 금복상인은 죽었고 무림총연맹 귀주 지부는 궤멸됐어. 이것으로 약문의 원한을 모두 갚을 순 없겠지만, 적어도 편히 눈을 감으실 수 있을 거야."

소소의 눈에 눈물이 글썽거렸다. 소소는 무릎 꿇은 진자강을 한 번 안아 준 후 뒤로 물러섰다.

단령경이 안에서 나왔다. 단령경은 눈빛이 매우 깊고 맑았으나 뺨이 홀쭉한 것이 매우 초췌해 보였다.

"수고했네. 와 주어 고맙군."

진자강은 말없이 고개만 살짝 숙여 인사해 보였다. 야율환을 통해 과거의 비화를 알게 된 데다, 무암 존사의 죽음을 예상하고 있었기 때문에 단령경의 마음이 얼마나 아플지 알 수 있었다.

게다가 사파인들의 수도 떠날 때보다 많이 줄어 있는 게 눈에 확 띄었다. 다 모여도 스무 명이 좀 넘을 뿐이었다. 화사신녀와 잔풍객이 보이지 않았고 구륜의 오른쪽 다리도 횅했다.

시체들은 치웠지만 바닥에는 핏자국들이 사방에 뿌려져 있기도 했다.

편복이 다가와 말했다.

"이보게. 먹을 것 좀 안 가져왔나? 여긴 먹을 게 없어 죽겠군."

"죄송합니다. 그것까지는 신경 쓰지 못했습니다."

다른 사파인들이 편복을 나무랐다.

"저길 뚫고 온 친구한테 너무 많이 바라는 거 아냐?"

편복이 버럭 화를 냈다.

"거 사람이 먹고는 살아야지! 여기 갇힌 지가 보름이 더 넘어가는데 배가 고플 수도 있지!"

진자강이 담담하게 웃으며 말했다.

"하루만 참으십시오."

"응? 하루라고?"

사파인들이 놀라서 진자강에게 몰려들었다.

"혹시 저 아래에서 듣고 온 게 있어?"

"내일 놈들이 총공세를 펼친다는 건 아니지?"

진자강이 고개를 저었다.

"아닙니다."

"그럼?"

"우리가 내일 내려갈 겁니다."

사파인들이 어리둥절해했다.

"무슨 수로? 숫자가 어마어마하다고."

단령경이 물었다.

"생각한 바가 있는가 보군. 얘기를 풀어 보게."

"내일 새벽 동이 뜨기 직전 이곳을 내려가는 게 가장 좋을 것 같습니다."

사파인들이 다시 고개를 갸웃거렸다.

새벽 동이 뜨는 시간이면 인시(寅時) 말이다. 사람이 가장 깊이 잠드는 시간을 살짝 벗어났다. 게다가 동이 뜨기 직전이라니.

"오늘 밤도 아니고 내일 아침?"

"인시 말이면 아무리 빨라도 해가 반 시진 안에 뜰 거야. 해가 훤할 때에 달아날 수 있다는 말인가?"

진자강이 대답했다.

"들키겠지요."

"바로 들키지 않으면 그게 더 이상하잖아!"

"제갈가에서 와 있습니다. 제가 한 번 겪어 본바, 구궁팔괘진을 펼치고 있으면 들키지 않고 달아나기 어렵습니다."

"진법을 어두울 때 상대하는 것보다 밝을 때 상대하자는 얘긴가······."

"하지만 진법은 해가 뜨면 약화될 겁니다."

사파인들은 더욱더 알쏭달쏭해졌다.

"뜸들이지 말고 말 좀 해 줘. 궁금하니까."

"저들의 식량에 독을 섞었습니다."

"식량에 손을 댔으면 그걸 저들도 알지 않을까? 뻔히 알면서 먹을 리가······."

"이곳이 아니라 식량을 보내는 곳까지 직접 다녀왔습니다."

"뭐?"

"며칠간 지켜보았더니 식량이 부족해서 사냥으로 자급자족을 하거나 각각의 소속 문파에서 조금씩 식량을 보내고 있더군요. 하여 자부문, 태행문, 왕리가의 세 군데에서 오는 식량에 손을 댔습니다."

"하지만 식량을 먹는다는 보장이 있을까?"

"오늘 밤 제가 산풍을 이용해 내려갈 거라 생각할 것이기 때문에 든든히 먹고 밤을 준비할 걸로 보입니다."

편복이 물었다.

"아니 그러니까, 독을 먹으면 지금 내려가야 하는 것 아니냐고. 밤이 지나면 중독된 걸 알아채지 않느냐는 말일세."

"아침까지는 모를 겁니다."

진자강이 독에 대해 설명했다.

"독근채화의 잎독입니다. 해를 보면 눈이 부셔서 시야가 크게 방해될 겁니다."

"그래서 볕은 약하지만 가장 눈부신 아침 해가 뜰 때를 노리자는 거였군."

사파인들이 술렁거렸다.

"기가 막히군. 그런 걸 이용할 줄이야."

편복이 고개를 갸웃하다가 되물었다.

"하지만 그렇게 복잡하게 할 필요가 있었나? 자네가 포위망을 뚫고 온 방법대로 하면 안 돼?"

"올라올 때에는 바람을 이용해서 독분을 뿌리고 포위를 뚫었습니다만……."

"그럼 내려갈 때에도 그렇게 하는 게 낫지. 여기 남은 친구들은 나나 소소를 제외하면 그래도 실력 있는 고수들이라 어지간하면 자네 뒤를 따라갈 수 있을 게야."

"무리일 것 같습니다."

사파인들이 장난처럼 '우' 하고 야유를 했다.

"우릴 너무 무시하는데?"

"잘나간다고 사람 무시하고 그러는 거 아냐."

"우리도 왕년에는 다 한가락 하던 놈들이거든?"

편복이 물었다.

"혹시 독분을 다 쓴 겐가?"

"독분은 충분히 만들 수 있습니다. 하지만 해독약이 없습니다."

"……좀 가져오지."

"원래 없습니다."

"……."

편복과 사파인들은 침묵했다. 보통 독을 쓰면 해독약을 함께 가지고 있기 마련이다.

"하여 내일 내려갈 때에도 제가 올라온 길은 피할 예정입니다."

결국은 진자강이 자신들 때문에 식량에 독을 섞는 귀찮은 일을 했다는 뜻이다.

사파인들도 수긍했다.

"그래, 그럴 수 있지."

"독이 얼마나 독하면 그랬겠어."

진자강이 사파인들을 보며 담담히 미소를 머금었다.

"식량에 독을 섞었다고 싸우지 않을 수는 없지만, 지금으로서는 유일한 방법입니다."

피해는 있겠지만 적의 눈을 멀게 한다면 굉장히 유리한 싸움을 할 수 있을 터였다. 아예 멀쩡한 채로 싸우는 것보다는 나았다.

"우리도 마음의 준비를 단단히 해야겠군."

사파인들이 결전을 생각하며 전의를 다졌다.

모두 각자의 준비를 위해 흩어지자 단령경이 진자강을 불렀다.

"얘기해 둘 게 있네."

第六章

백주도피(白晝逃避)

 단령경이 진자강을 따로 조용한 곳으로 불렀다.

 상청궁의 안쪽 방에서 단령경이 진자강에게 말했다.

 "망료. 그자가 우리를 도왔네."

 단령경은 망료와 마사불 묘월이 뇌락검 엽진경을 죽이고 검호대와 백호지황각을 전멸시키는 데에 도움을 준 일을 얘기했다.

 진자강은 조용히 들었다.

 망료가 자꾸만 개입하고 있는 걸 몰랐던 것도 아니다. 놀랄 일은 아니었다.

 "그자는 우리를 혹이라 불렀네. 혹이 최대한 많을수록

좋다며 우리를 살려 두겠다고 말했지."

단령경이 말을 계속했다.

"망료 그자는 이쪽저쪽을 오가며 종잡을 수 없는 행동을 하고 있네. 그는 자네가 두각을 나타내도록 돕고 있으며, 한편으로는 자네의 성장을 도우며 즐거워하고 있는 중일세."

"제게 광혈천공을 심은 것도 그입니다."

진자강은 탁기 때문에 둔한 느낌이 드는 왼손의 주먹을 쥐었다 폈다 하며 말했다.

"그는 나 때문에 자신이 꾸미던 일들을 모두 망쳤다 생각하고 있습니다."

강호의 경험이 많은 단령경은 빠르게 이해했다.

"지금은 자네를 절벽 위로 끌어당기고 있는 중이로군. 자네가 가장 높은 절벽 위에 오르면 그때에 밀어 떨어뜨리기 위해서."

잠시 침묵이 흘렀다.

단령경이 나지막하게 언성을 낮추어 조언했다.

"그가 얼마나 높은 곳을 생각하고 있는지 모르겠네. 하지만 조심하게. 스스로 성공했다고 생각했을 때에 잊지 말고 뒤를 돌아보게. 언제든 그에 대한 경각심을 잊어선 안 되네. 무림맹주까지 암살하려 한 그의 집착은 더 이상 범부

(凡夫)의 것이 아닐세."

진자강은 어금니를 꾹 물었다.

일부러 떠올리고 싶지 않은데도 신융의 목소리가 떠올랐다.

　—소중한 이를 잃은 세상은…… 그냥 아무것도
　없는 암흑이야.

더 이상 빼앗길 것도, 잃을 것도 없을 때의 진자강은 아무것도 두렵지 않았다. 복수를 하겠다 나섰지만 끝까지 복수를 마칠 수 있을지도 장담할 수 없었다. 그래서 매 순간 목숨을 버릴 것처럼 덤벼서 살아남아야 했다.

하지만 지금은 달라졌다. 진자강은 잃을 게 생겼다.

망료가 최종적으로 진자강의 모든 것을 빼앗으려 든다면, 최종적으로 당하란과 아이를 건드릴 것임에 분명하다.

그런 면에서 당하란이 당가로 돌아간 것은 현재로써는 최선의 선택이었다.

진자강은 스스로에게 다짐하듯 말했다.

"잊지 않도록 하겠습니다. 제 복수가 끝날 때까지, 그를 지옥으로 처넣을 때까지 멈추지 않을 겁니다."

그리고 당하란과 아이가 안전하냐고 생각될 때까지.

이제 진자강은 어쩌면 지키기 위해 싸워야 하는 입장에 가까워지고 있는지도 몰랐다.

＊ ＊ ＊

무림총연맹의 무사들은 포위망을 구축한 채 뜬눈으로 밤을 새웠다.

제갈명도 의아해했다.

"이해하기 어렵군. 우리 쪽이 동요하고 있는 지금이 가장 좋은 기회이거늘."

독분을 엄청나게 뿌려 댔으니 전부 소모했을 가능성도 있었다. 그렇다 치더라도 야음(夜陰)의 이점을 포기한 것은 이해가 되지 않는 부분이다.

벌써 하늘이 어슴푸레 밝아 오고 있었다. 조금 있으면 해가 떠오르기 시작할 것이다.

"인시. 아무래도 오늘은 아닌가."

해가 뜨지 않았어도 사방이 훤히 보이는 때에 탈출을 시도할 리가 없어 보였다.

문주들도 긴장을 풀고 돌아가려는 의도를 보였다.

"아침 전까지 잠시 눈들을 좀 붙입시다."

다들 막사로 돌아가 운기조식을 하거나 짧은 취침을 청

했다.

하지만 백리중은 남았다.

제갈명은 백리중을 옆에서 바라보았다. 백리중은 밤부터 지금까지 내내 청성산을 바라보며 한 걸음도 움직이지 않았다.

독룡에 대한 원한을 생각하면 그런 모습은 이상한 게 아니다. 백리중 정도의 고수가 되면 잠이야 며칠씩 자지 않아도 되고, 운기조식도 제자리에서 선 채로 가능하다.

하나 어딘가 이상해 보이는 점들이 있었다. 눈빛이 너무 날카로웠다. 게다가 그는 저녁에 무사들이 잡아 온 노루 반 마리와 무사 열 명이 나눠 먹어야 할 건량 한 근을 혼자 먹었다.

그런데도 얼굴은 여전히 핼쑥하다.

제갈명은 일단 휴식을 권했다.

"검각주께서도 좀 쉬시지요."

백리중은 고개를 저었다. 그러더니 돌연 고개를 살짝 돌려 산중의 어딘가를 손가락으로 가리켰다.

"저기. 작은 소란이 있어 보이는군."

제갈명은 안력을 돋우고 보았으나 산 중턱까지는 보이지 않았다.

제갈명은 백리중을 힐끗 곁눈길했다. 이렇게까지 자신과

격차가 있는 고수였던가?

한참을 보고 있으니 그제야 사람이 움직이는 게 보였다.

"저기는…… 아까 독룡이 올라간 자리가 아니오이까? 독분이 남아 있는 자리라 본 가의 무사들이 감시하는 구역일 텐데."

얼마 지나지 않아 수상한 자를 발견했다는 연락이 왔다.

독분을 흡입한 무사들 중 열댓 명이 죽었다. 운이 좋아 살아난 무사들도 후유증에 시달리고 있었다. 때문에 중소 문파의 무사들은 그쪽에 가려 하지 않았다.

한데 거기에서 누군가 나타났다는 것이다.

무사들이 누군가를 데려왔다.

뚜걱, 뚜걱.

사람의 발걸음 소리가 아닌 딱딱한 지팡이 소리.

그를 본 제갈명의 표정이 변했다.

"망료?"

망료가 울컥! 피를 토했다. 망료를 데려온 제갈가 무사들이 흠칫하며 뒤로 물러섰다.

망료가 소매로 피를 닦으며 웃었다.

"이거 정말 독하군. 주의를 충분히 기울였는데도 조금 흡입한 것만으로 아찔해졌어."

제갈명이 인상을 썼다.

"어이가 없군. 맹주를 공격하고 도망자 신분이 된 주제에 뻔뻔하게 이곳에 나타나? 무슨 날이라도 되나? 간이 배 밖으로 나온 것들만 계속 나타나니."

망료는 웃기만 했다.

하지만 백리중은 그에 신경 쓰지 않고 차갑게 물었다.

"네놈이 왜 위에서 내려왔느냐."

망료가 천연덕스럽게 대답했다.

"독룡이 어떻게 포위를 뚫고 들어왔나 궁금해서 견딜 수가 있어야지. 놈이 올라온 자리를 찾아서 내려와 봤소이다. 그런데 하마터면 뒈질 뻔했군. 무슨 독인지도 모르겠어. 곡식의 가루를 섞어서 효과가 약해 다행이지, 원액이었으면……."

백리중이 그 독 때문에 무릎을 꿇었던 것도 무리가 아니었던 것이다.

"뇌락검이 죽은 것도 네 수작이냐?"

"죽어야 할 놈이 죽은 거야 내 탓이 아니지."

"뇌락검과 백호지황각이 사파 나부랭이들에게 죽었을 리가 있나."

백리중이 무표정하게 망료를 쳐다보았다. 눈빛 안쪽에 깊은 살의가 비쳤다. 망료가 움찔하더니 한 번 더 핏물을 게워 냈다.

"너무하누만. 귀찮은 놈을 처리해 줬더니."

"내 아들은, 귀찮은 놈이 아니지."

백리중의 무표정에 점점 살기가 뜨겁게 달아오르기 시작했다. 망료가 슬슬 웃으며 백리중의 심기를 건드렸다.

"아들놈이 여자에 빠져 스스로 죽을 자리로 간 걸, 나더러 어쩌라고."

제갈명이 일갈했다.

"도대체 지금 상황에서 무슨 되지도 않는 망발을 하는 것인가!"

"사실을 말하면 망발이 되나? 그럼 내 사실을 하나 더 말해 줄까?"

망료가 빈정대듯 말했다.

"곧 놈들이 내려올 거요."

제갈명은 혹여나 백리중이 살의 때문에 일을 그르칠까 봐 바로 끼어들었다.

"놈들이 무슨 수로? 곧 해가 뜨는데?"

"나야 모르지. 그냥 내 감이 그렇게 말하고 있으니까 말해 주는 거요."

"댁의 감을 믿고 사람을 움직일 수는 없지."

"믿어 보시오. 꽤 정확하다오."

제갈명이 더 묻고 싶었으나 백리중이 말을 잘랐다.

"할 말은 다 했느냐?"

"어이어이, 지금 그거 날 죽이려는 말투 아니요?"

"감이 정확하긴 하군. 제 죽을 것도 잘 알고 있으니."

백리중이 천천히 손을 들어 올렸다. 검의 손잡이를 잡지도 않았는데 검이 딸려 올라오며 검집을 빠져나왔다.

백리가의 보검 천주인이 황색으로 빛나며 예리한 기운을 드러냈다. 범상치 않은 분위기에 무사들이 물러섰다.

한데도 망료는 마냥 히죽거렸다. 백리중의 검을 피할 생각도 없어 보였다.

"아닌데. 내 감에 따르면 난 아직 죽을 것 같지 않구려?"

제갈명이 백리중을 말렸다.

"잠깐만. 이놈이 뭔가 숨기고 있는 것 같소이다."

백리중이 잘라 말했다.

"없소. 놈들이 곧 내려온다는 말 빼고는 전부 거짓이오."

"하지만 살려서 본맹으로 압송해야 하오. 맹주를 암살하려 한 배경에 누가 있는지도 알아봐야 하고……."

"장담하지. 지금 죽이지 않으면 매우 귀찮아질 거요."

"마혈을 짚어 두고 감시하겠소."

망료가 또다시 히죽대며 말했다.

"제갈가 사람이 언제부터 멍청해졌지? 지금 내 혈도를

짚었다간 독 때문에 일각도 못 버티고 죽을 거요."

제갈명이 인상을 쓰며 망료를 노려보았다. 난데없는 소란에 문주들이 하나둘 막사를 나오기 시작했다.

망료는 그들에게 웃음으로 인사를 해 보이고는 소리를 높여 물었다.

"내가 왜 죽을지도 모르는 위험한 자리를 일부러 찾아왔는지 아시오?"

망료가 청성산을 손으로 가리키며 말했다.

"여기가 지켜보는 데 최고의 자리거든. 놈의 실력을 감상하기에."

망료가 백리중을 쳐다보았다.

"그러니까 그 검은 좀 내려 두……."

"내가 한번 뽑은 검을 그냥 넣는 놈으로 보이나?"

백리중이 검을 휘젓더니 바로 갈무리하여 당겼다.

끼이이익!

옆에 있던 짐수레의 뒤쪽이 잘리며 짐칸이 기울어져 바닥에 박혔다.

백리중은 망료의 뒷덜미를 잡아당기며 발을 걷어찼다.

콰직!

망료의 두 다리, 양 의족이 대번에 부러져 나갔다. 백리중은 망료의 뒷덜미를 잡은 채 양어깨를 쳤다.

뚜둑.

팔이 빠져서 늘어졌다.

"큭."

망료가 이를 악물고 고통을 참아 냈다. 하지만 반항하지 않았다. 이미 살의가 사라졌기 때문이다.

백리중은 무력해진 망료를 무너진 짐수레의 뒤 칸에 집 어 던졌다.

쾅!

망료는 비스듬히 기울어진 짐수레의 뒤에 고스란히 처박 혔다. 팔이 빠지고 양 의족이 부러져 있어서 혼자서는 움직 일 수 없는 몸이 되었다.

망료는 엄청난 고통으로 얼굴에서 땀을 뻘뻘 흘렸지만 그래도 웃어 댔다.

"껄껄껄! 금강천검도 많이 나약해졌어. 이래야 안심이 된다면야 흔쾌히 받아들이지. 아주 편한 자리구먼?"

백리중은 망료의 너스레에 관심이 없었다. 경멸하는 눈 빛으로 잠시 망료를 내려보더니 고개를 돌렸다.

청성산 봉우리를 지켜보던 백리중이 말했다.

"온다."

제갈명과 문주들이 청성산을 쳐다보았다. 그들은 아직 볼 수 없었다.

하나 백리중이 보았다면 거짓말이 아닐 터. 곧 포위망의 어딘가에서 나타날 것이다.

한데 사파인들은 생각보다 빨리 보였다. 그건 가까워져서가 아니라 뻔히 보이는 곳으로 나오고 있었기 때문이었다.

"저 정신 나간 것들."

문주들이 욕을 했다.

사파인들은 당당하게 계단으로 내려오고 있지 않은가!

달아나는 입장에서 최대한 분산하는 것이 기본인데도 불구하고 그 기본을 어긴 것이다. 물론 어두운 야반이 아니라 동이 트기 직전의 새벽을 틈타 달아난다는 것에서부터 이미 상리를 벗어난 일이 아닌가.

하나 이제는 저런 행동이 누구의 머릿속에서 나온 것인지 알 수 있었다.

제갈명이 문주들을 돌아보며 말했다.

"누군가 놈을 맡아 주셔야겠소."

진자강이 진 안에 들어와 독분을 뿌려 대면 진의 운영이 어려워진다. 물론 제갈명은 진자강이 해독약이 없다는 걸 모르고 있기에 내린 판단이었다. 사실 사파인들 때문에도 진자강은 독분을 사용할 수 없었던 것이다.

"내가 맡는 게 옳은 것 같소이다."

백리중이 나섰다. 백리중은 눈을 가늘게 뜨고 사파인들의 움직임을 보았다.

"저놈은 자꾸만 사람을 불편하게 만드는군. 아무래도 거슬려."

"직접 나서 주신다면야."

백리중이 걸음을 옮겨 청성산의 산문으로 오르기 시작했다.

제갈명은 지휘 체계를 한 번 더 확인하고 남은 전력을 모두 구궁팔괘진에 투입했다. 사천의 문주들이라고 예외는 없었다. 제갈명의 사촌 제갈손기가 사천 문파의 문주들을 이끌고 구궁팔괘진에 합류했다.

*　　　*　　　*

진자강은 계단을 내려가던 중에 멀리서 올라오는 한 명의 고수를 보았다. 얼굴은 자세히 보이지 않았으나, 걸음 한 번에 계단을 몇 개씩 뛰어올라 오는 걸 보면 능히 누구인지 짐작할 수 있었다.

백리중이다.

이대로 계단을 쭉 내려가면 일각에서 이각 사이에 백리중을 만나게 될 터였다.

진자강이 잠깐 걸음을 멈추고 사파인들에게 말했다.

"말씀드린 건 잊지 않으셨겠지요? 제가 만약 잘못된다 하더라도……."

편복이 대답했다.

"어형태극. 살아날 수 있는 생문은 사문에 있고 사문은 경문 안에 있다. 확실히 기억하고 있네."

하지만 편복은 이내 질렸다는 듯 진절머리를 냈다.

"하지만 우리가 안다고 소용이 있겠나? 어형태극의 문(門)과 궁(宮)은 끊임없이 변화하는데 그걸 무슨 수로 찾아내겠냐고."

옆에서 감충이 한탄하면서 말했다.

"아이고야, 유일한 출구인 생문이 사문에 있어? 사문을 찾아내도 죽으란 얘기구먼?"

투덜거렸던 편복이 오히려 감충에게 쏘아붙이듯 말했다.

"독룡 이 친구는 구궁팔괘진에서 한번 살아 나온 적이 있는데?"

"독룡이잖아."

감충이 너무 당연하게 말해서 편복은 오히려 자기가 무안을 당한 느낌이 들었다.

"아, 그래? 그건 그렇지."

진자강은 살짝 미소를 짓고는 팔비마걸 구륜을 보았다.

구륜은 진자강의 눈빛을 읽고 코웃음을 쳤다.

"세상을 우습게 보지 마라, 애송이. 내가 젖비린내 나는 놈의 걱정을 받아야 할 것 같으냐?"

비록 백리중에게 일격을 당해 오른쪽 다리를 잃었지만 그는 전쟁에서 수많은 고비를 넘어온 이었다. 진자강의 걱정을 받을 사람이 아니었다.

진자강은 조금도 흔들림 없는 구륜의 모습에 감탄했다.

"알겠습니다."

옆에서 단령경이 물었다.

"이제 어느 쪽으로 가야 하는가?"

"서쪽입니다. 해를 등지고 갑니다."

이들이 서쪽으로 내려가면 무림총연맹의 무사들은 동쪽을 바라보게 된다. 해가 뜨기 시작하면 해를 정면으로 보게 될 터였다.

단령경은 산 아래 계단에서 올라오는 이를 보며 이를 꾹 깨물었다. 백리중이 돌아왔다는 소리는 진자강에게 들었다. 돌봐야 할 동료들이 없었다면 무작정 뛰어가 사생결단을 내려고 했을 것이다.

소소가 단령경의 굳은 얼굴을 보고 옷깃을 붙들어 흔들었다. 단령경은 애써 소소에게 웃어 보였다.

"네가 나보다 더 어른스럽구나. 알았다. 지금은 탈출하는 데에만 신경 쓰도록 하마."

곧 사파인들이 진자강을 쳐다보았다.

진자강이 살짝 구름이 낀 하늘을 조금 걱정스러운 투로 보다가 말했다.

"그럼 가죠."

＊　　＊　　＊

백리중은 사파인들이 계단의 중간에서 옆길로 빠지는 걸 보았다. 서쪽 숲길을 도주로로 택한 모양이었다.

한데 한 명만 반대쪽인 동쪽으로 떨어져 나갔다. 비단옷을 입고 다리를 절며 걷고 있는…….

백리중의 눈이 자연히 그쪽으로 돌아갔다.

양쪽으로 갈라진 이들은 숲으로 들어가 순식간에 보이지 않게 되었다.

잠시 고민하던 백리중의 미간이 깊게 찌푸려졌다.

"끝까지 장난질을."

백리중은 말을 마치자마자 훌쩍 몸을 날려 계단을 벗어났다. 그가 향한 건 동쪽이었다.

*　　　　*　　　　*

　마침내 사파인들이 구궁팔괘진 안으로 들어왔다. 사방에서 삑삑거리며 호각 소리가 울렸다.

　제갈명은 여덟 개의 깃발을 꺼내 들었다.

　단순한 오행기(五行旗)가 아니라 건곤감리손태간진(乾坤坎離巽兌艮震)의 팔괘를 형상하는 글자들이 쓰여 있었다.

　이 여덟 개의 기를 이용하여 크게는 여덟 개의 덩어리를 움직이는 것으로 시작하여 육십사 개, 작게는 삼백팔십사 개의 덩어리를 움직이도록 명령할 수 있는 것이다.

　펄럭!

　제갈명이 건괘와 감괘에 이어 건괘, 손괘, 태괘의 세 기를 연속으로 꺼내 흔들었다.

　삐익! 삐익!

　그에 따라 구궁팔괘진의 거대한 진이 움직이기 시작했다. 마치 살아 있는 것처럼.

　　　*　　　　*　　　　*

　백리중은 지자갈이 흔저을 쫓이 깊은 높으로 늘어갔다.

신법까지 써 가며 일행들에게서 멀리 달아나는 걸 보니 백리중을 떨어뜨려 놓으려는 심산인 것이 확실했다.

한데 상당 시간 진자강을 쫓던 백리중이 문득 걸음을 멈추었다.

멀찍한 거리에서 진자강이 더 이상 도망가지 않고 기다리는 중이었다. 대놓고 숨바꼭질을 하듯이 백리중을 유인하고 있는 것이다.

하지만 백리중은 짜증 내지도 않고 전성(傳聲)으로 소리를 멀리 보냈다.

"그만하지. 이 정도면 충분히 멀리 온 것 같은데?"

아닌 게 아니라 청성산의 봉우리를 반은 돌아왔다.

멀리서 진자강, 아니 구륜이 전성으로 대답했다.

"그럴까? 네놈이 도망가지 않는다면."

"도망?"

백리중은 가볍게 코웃음을 치고 발돋움을 했다. 한 번 발돋움을 할 때마다 몇 장이나 앞으로 나아갔다.

구륜은 기다렸다.

백리중이 구륜의 앞에까지 와 멈췄다.

구륜이 실실 웃으며 말했다.

"어이구야, 이게 누구신가? 깜박 속은 소감은 어떠신지?"

구륜은 진자강의 옷을 대신 입고 있었다. 진자강이 워낙 눈에 띄는 비단옷을 입고 있었기 때문에 멀리서 보면 진자강처럼 생각되었을 터였다.

"게다가 발도 이 모양이고."

구륜은 굵은 나무를 묶어 임시로 만든 의족을 내보였다. 신발까지 신고 옷으로 덮어, 멀리서 보면 감쪽같았다.

"그러니까 속았겠지만, 안타깝게도 독룡의 발은 왼쪽이고 내 발은 오른쪽이지."

구륜이 낄낄대는데 백리중의 표정은 변동이 없다. 아니, 오히려 웃었다.

"내가 그것도 모르는 머저리로 보이나?"

"허세 부리지 마. 모르니까 여기까지 따라왔을 거 아냐. 내가 시간 끄는 줄도 모르고 말야."

"생각보다 멍청하군."

"뭐?"

"나 정도 되는 사람이 쫓아왔으면 그에 걸맞은 이유가 있다고 생각을 해야지. 속아서 왔다고 생각하면 되나. 그렇게 상대를 모르고 있으니 그 꼴이 되는 게야."

구륜이 눈썹을 찌푸렸다.

"아아, 그래. 댁 같은 거물이 나같이 하찮은 탈영병을 쫓아올 마한 이유가 뭐기? 후환을 님기기 싫어서? 살려 둔 것이 후회돼서?"

하지만 백리중의 대답은 구륜이 전혀 예상하지 못한 것이었다.

백리중이 낮은 목소리로 대답했다.

"배가 고파서."

"……."

구륜은 어이가 없어서 백리중을 빤히 쳐다보았다.

"무슨 개소리야, 이 미친 새끼가."

백리중의 목소리가 점점 음산해졌다.

"놈의 독이 매우 지독해서 해독하는 데 꽤 공을 들여야 했어. 허기를 참을 수가 있어야지."

"그럼 밥이나 처먹지 왜 날 따라와."

구륜의 말에 백리중이 송곳니를 드러내면서 대답 없이 웃었다.

구륜은 인상을 쓰며 뒤에 숨겨 놓은 등패를 꺼내 들었다.

"네놈의 속셈은 모르겠다만, 후회하게 될 거야."

"후회는 내가 아니라 네놈이 해야지."

백리중의 말에 구륜이 살기를 뿜어냈다.

"내가 같은 수에 두 번 당할 것 같아? 지난번의 그 수법은 이제 안 통한다!"

"그런 얘기가 아니거늘."

백리중의 얼굴에 핏발이 서고 눈빛이 기이하게 빛나기 시작했다. 내공을 끌어 올리는데 손등에 퍼런 핏줄이 돋아났다. 손톱 끝에도 상서롭지 못한 퍼런 기운이 어렸다.

구륜의 눈이 움찔했다.

"뭐야 이거!"

아무리 좋게 생각해도 정파의 내공심법을 익힌 자의 모습이 아니다.

우드득, 뿌드득.

골격에서까지 이상이 생겼다. 백리중은 다소 고통스러워하는 느낌까지 보였다. 하나 고통스럽다고 힘겨워하는 게 아니다. 오히려 그 고통을 즐기는 듯했다.

"내가 후회할 거라고?"

백리중이 걸걸해진 목소리로 말했다.

"보는 사람이 아무도 없잖은가. 그럼 당연히 후회해야 하는 건 네놈이지."

백리중은 검도 뽑지 않고 맨손으로 일장을 내질렀다.

구륜은 좋지 않은 분위기를 느끼고 최대한으로 내공을 끌어 올려 대비했다.

쾅!

백리중의 장이 등패에 작렬했다. 구륜의 몸이 사시나무 떨듯 떨렸다.

다리 하나가 없어 지지하는 힘이 약해진 것도 약해진 것이지만, 백리중의 힘이 예전과 달랐다. 전신이 전율할 정도로

구륜은 눈을 크게 치켜뜨고 이를 악물었다.

"이런 씨……!"

*   *   *

구궁팔괘진은 일문일궁사상오행(一門一宮四象五行)으로 세분된다. 구궁팔괘진이라는 커다란 장소 안에서 팔문이라는 수레바퀴가 돌고, 팔문 안에 일궁과 사상이 존재하며 또다시 그 안에 오행이 쉼 없이 움직이고 있다.

뿐만 아니라 어형태극으로 인해 음이 양으로, 양이 음으로 변하니 그 수많은 가짓수는 그야말로 천변(千變) 혹은 만변(萬變)이라고 해도 무방할 지경이었다.

진자강은 이미 경험해 본 바, 무력으로 구궁팔괘진을 뚫을 수 없다고 판단했다. 외부의 요인인 지형지물을 이용하거나 내부를 파괴하거나.

하나 제갈가의 진혈인 제갈명의 운영은 진자강의 생각보다도 더 치밀했다.

삐익! 삑!

쉴 새 없이 울리는 호각 소리가 정신을 산만하게 만드는 건 물론이고 사방에서 공격이 정신없이 들어왔다.

칼질을 막다 보니 갑자기 옆에서 화살이 날아왔다.

"화살이 쏟아진다! 옆으로 피해!"

사파인들이 우르르 비어 있는 자리로 달아났다. 한데 거기에서는 창이 기다리고 있었다. 나무와 풀숲으로 이루어진 전측 좌우 측의 삼면에서 갑자기 창이 튀어나왔다.

"이런!"

창을 피해 물러난 순간에 진의 구성이 바뀌어서 막힌 삼면의 방향이 달라졌다. 전측과 좌우가 회전하여 좌측이 열리고 나머지 삼면이 무사들로 막혔다.

빈틈이 있는 곳으로 몸을 피하면 그곳에서는 또 다른 공격이 기다리고 있었다. 원하는 곳으로 이동할 수 없어서 적들에 의해 쓸려서 움직이게 되는 형국이었다.

때문에 압박은 끊임없이 계속되었다. 잠시도 한눈을 팔 여유가 없었다. 어디로 달아나도 치명적인 공격이 숨어 있었다.

"저리 비키거라!"

참다못한 단령경이 앞서 나가 억지로 길을 열려고 했다. 전면에 검을 든 도부수들 다섯 명이 공격해 오다가 좌측으로 밀리었다.

그 자리에 창을 든 무사 넷이 들어와 창을 찔러 댔다. 단령경이 공중으로 뛰어올라 창을 피하며 창 네 자루를 모두 한 팔에 끼워 잡았다. 창대와 함께 무사들을 내던져 버릴 작정이었다. 하지만 곧 좌측으로 물러났던 무사들이 바뀌고 제갈가의 무사들이 나타나 단령경을 향해 쇠사슬로 만들어진 고리를 던졌다.

창대를 잡고 있는 채로 철 고리들에 얽히면 더 빠져나오기가 힘들다. 단령경은 창대를 던지듯이 밀쳐내서 무사들을 넘어뜨리고 왼팔로 장풍을 쏴 철 고리들이 튕겨 나가게 만들었다. 창을 든 무사들의 빈자리를 옆쪽의 무사들이 채웠다. 무사들이 창을 주워 단령경을 다시 공격했다. 단령경은 보법을 밟으며 창을 피했다.

갑자기 뒤, 양 대각선 쪽에서 사천의 중소 문파 문주 둘이 뛰어나와 단령경을 공격했다. 하나 남은 외팔로, 그것도 옆쪽에서 창 공격을 받으며 뒤쪽의 상대 둘을 상대하기란 쉬운 일이 아니었다. 단령경은 몸을 회전시키면서 창날을 피하고 연속으로 장력을 날렸다. 문주 둘이 장력을 튕겨 내며 단령경을 뛰어넘어 갔다.

문주 둘이 단령경을 잠시 잡고 있는 사이 옆쪽의 무사들이 단령경을 지나쳐 가 단령경 뒤쪽의 사파인들을 공격했다. 사파인들의 입장에서는 단령경이 있다고 믿고 있다가 뒤통수를 맞는 격이다.

단령경은 뒤쪽의 사파인들을 구하려 움직일 수가 없었다. 이미 문주급 둘이 단령경을 넘어가서 단령경의 뒤통수를 노리고 있기 때문이었다. 단령경이 돌아서지 않으면 바로 공격을 해 올 것이다.

단령경은 호흡을 최대한으로 불태우며 돌아서서 손을 휘저었다. 장력이 두 갈래로 튀어 나가 두 문주를 압박했다. 두 문주는 바로 물러섰다.

그런데 벌써 양쪽의 인원이 교체되었다. 한쪽의 무사들이 방패를 들고 나와 단령경의 장력을 막아 내고, 다른 쪽에서는 제갈명의 사촌인 제갈손기가 튀어나와 단령경을 노렸다.

단령경은 제갈손기와 장력을 주고받았다.

퍼어엉!

제갈손기는 처음부터 완전히 목숨을 걸고 싸울 생각이 없었다. 장력이 밀리자 미련 없이 물러나 무사들과 교체했다.

답답해진 단령경은 어금니를 깨물었다.

제갈손기가 공격을 하고 물러난 사이 단령경이 놓친 무사들이 단령경 뒤쪽의 사파인 한 명에게 상처를 입히고 또다시 이동했다.

새로운 자들이 자리를 채우며 상처 입었던 사파인을 도륙하고 다시 다른 무사들과 자리를 교체했다.

정신없는 공격이 이어졌다.

단령경도 한번 공격에 말리기 시작하니 몸을 빼낼 틈이 없었다. 사방에서 창이며 칼이 날아오는데 제아무리 고수라도 그것을 계속해서 종일 피해 낸다는 건 쉽지 않았다.

삐익! 삑!

호각 소리가 연신 울렸다. 단령경은 사파인들의 무리와 조금씩 멀어지는 걸 느꼈다. 단령경을 무리와 떨어뜨리기 위해서 한쪽에서의 공격이 유독 거세다. 사파인들도 점점 단령경과 갈리고 있었다. 단령경이 무리로 돌아가려 하는데 다리 사이로 뭔가가 쑥 들어왔다.

구겸창(鉤鎌槍)!

창날 옆에 낫이 달려 있어서 찌르고 낫으로 걸어 당기면 팔다리가 잘려 나가도록 만들어진 창이다.

보아하니 특이한 진법용 병기를 들고 있는 것은 제갈가의 무사들이다. 사천 문파들의 무사들은 도검과 일반 창을 들었고 제갈가의 무사들이 특수한 병기로 중간중간에 허를 찌르는 역할을 하고 있었다.

단령경은 껑충껑충 뛰면서 발아래로 들어오는 구겸창을 피했다.

삭, 사악!

바닥의 풀들이 예리하게 잘려 나갔다. 위쪽으로도 구겸
창이 날아들었다. 갑자기 세 군데 방향에서 구겸창이 날아
와 단령경의 목을 걸었다. 단령경은 천근추로 몸을 빠르게
내렸다. 세 자루의 구겸창이 단령경의 목이 있던 부분을 베
며 서로 긁혀서 불꽃을 튕겼다.

카라랑!

단령경은 바닥에 등을 댄 채 다리를 빙그르르 돌려서 거
꾸로 일어났다. 구겸창수들이 물러나고 다시 철 고리가 날
아들었다. 단령경의 왼팔에 철 고리가 두 개나 감겼다.

"하아압!"

단령경은 다리에 무게를 싣고 힘주어 팔을 당겼다.

"우와앗!"

철 고리를 쥐고 있던 두 명의 제갈가 무사들이 공중에 떠
서 딸려 왔다. 하지만 그들이 지나갈 때에 옆에서 문주급
둘이 뛰어 교차해 지나가며 철 고리를 함께 붙들고 내려섰
다.

쿠웅!

묵직하게 내려선 문주급 둘이 힘을 더해 도합 네 명이 단
령경의 왼팔에 감긴 철 고리를 붙들고 힘겨루기에 들어섰
다.

단령경은 합마공을 최대로 일으켜 다섯 개의 둑을 만들어 낸 후 철 고리를 팔로 두 번 더 돌려 감았다.

지이익.

문주까지 포함된 건장한 사내 네 명이 바닥에 흙 자국을 남기며 끌려왔다.

"타앗!"

단령경이 다시 한번 철 고리를 팔에 돌려 감으며 한 걸음을 나아갔다.

촤르륵.

철 고리가 감길 때마다 네 명은 계속해서 단령경에게 딸려 갔다. 제갈가의 무사 둘과 문주급 둘이 합해서 전부 이를 악물고 버티는 데도 계속해서 딸려 가고 있는 것이다.

단령경이 진의 움직임에 대항하여 자리에서 움직이지 않고 있었기 때문에 잠깐 동안 진의 운행이 멈춘 듯 보였다.

삑! 삑! 삐익!

하나 단령경의 버팀에도 불구하고 단령경과 사파의 사이를 검수들이 이 열로 비집고 들어와 가로막았다. 단령경과 사파인들의 사이가 완전히 갈라졌다. 다시 진이 운행되기 시작했다.

"이것들이!"

단령경은 분노했지만 손이 모자랐다. 제갈손기가 철 고리를 잡고 있는 네 사람의 뒤에서 뛰어올라 단령경을 검으로 공격했다. 단령경은 다리를 땅에 박고 상체만 움직여 검을 피했다. 제갈손기는 손발이 묶인 상태에서 상대할 수 있는 삼류가 아니다. 단령경의 상체 곳곳에 긁힌 상처가 생겼다.

감충과 사파인들이 단령경을 가로막은 검수들을 제치고 들어오려 애를 썼으나, 쉽게 들어오지 못했다. 그들 역시 사방에서 돌아가며 공격을 받고 있었다. 몇 명의 무사들을 죽여서 방패로 삼고 있었으나 수전이 계속 쏟아져서 피해가 생기는 중이었다.

"제기랄, 선랑! 무사하십니까!"

단령경은 제갈손기의 검초를 피하느라 대답할 수도 없는 상황이었다.

사파인들이 소리를 질렀다.

"독룡! 어떻게 좀 해 보라고!"

진자강은 소소와 부상을 입은 사파인들을 보호하느라 전면으로 나서기가 어려웠다. 게다가 이번의 구궁팔괘진은 진자강이 일전에 겪은 것과는 수준이 달랐다.

문(門)에 따라 공격의 성격이 정해지는 게 아니라 하나의 문 안에서도 쉴 새 없이 공격이 변화됐다. 상문(傷門)의 화살 비와 경문(警門)의 경계, 그사이의 궁(宮)에 해당하는 문주급 고수들의 공격이 계속해서 섞여 있었다.

사파인들이 진자강을 독촉했다.

"뭘 기다리고 있는 거야!"

진자강은 동녘을 쳐다보았다. 아직 동운(東雲)이 끼어 있다. 해는 떴지만 동쪽에 어린 구름에 가려져 있다. 저 동운을 열고 해가 터야 한다.

진자강은 그것을 기다리고 있었다. 마침내 동운 위로 붉은색의 번짐이 생겨났다.

평단(平旦).

동이 텄다.

지금!

진자강은 소소를 사파인들의 안쪽으로 가도록 한 후 앞으로 달려갔다. 편복이 때를 맞춰서 아래로 암기 철시초를 던져 한 손을 도왔다. 앞줄의 검수들이 방패를 들어 암기를 막았다.

진자강은 방패를 밟고 힘껏 뛰어올랐다.

단령경과 사파인들의 사이를 가로막고 있던 검수들이 뛰어오른 진자강을 쳐다보았다.

해를 등지고 뛰어오른 진자강의 뒤에 골붉은 해가 눈 부신 햇살을 뿜어 댔다.

그 순간 진자강을 쳐다보고 있던 검수들의 눈동자가 명멸(明滅)했다.

갑자기 광량(光量)이 늘어나면 동공이 줄어야 하는데 동공이 풀린 것처럼 더 늘어나 버린 것이다. 망막과 눈꺼풀 사이로 햇살이 확 비집고 들어와 뇌를 뒤흔드는 것 같았다.

"으윽!"

온갖 모양의 형언할 수 없는 빛의 조각들이 찰나에 검수들의 시야를 잠식했다.

검수들은 진자강의 모습을 놓쳤다.

진자강이 그들을 뛰어넘어 가 양팔을 힘껏 벌렸다. 묵빛의 선이 허공을 수놓았다.

검수들의 목 다섯 개가 몸과 분리되어 떨어져 나갔다. 순식간에 벽에 구멍이 생겼다.

나머지 무사들도 주춤거리면서 얼떨떨한 표정을 감추지 못했다.

사파인들이 환호했다. 진자강의 독이 먹힌 것이다.

"시작이다!"

무사들은 눈을 연신 깜박거렸다. 많은 수의 무사들이 눈을 제대로 뜨지 못하고 눈물을 찔끔거렸다.

"누, 눈이 이상해!"

나무의 그늘에 있으면 좀 낫지만 햇빛을 보면 눈이 부셔서 참을 수가 없었다. 개중에 심한 자는 눈과 드러난 팔, 목덜미의 살갗이 타는 듯한 통증까지도 느꼈다.

진자강은 당황한 검수들을 뚫고 들어가 단령경을 공격하고 있는 제갈손기에게 암기를 날렸다. 제갈손기도 뭔가 잘못되고 있는 걸 느끼곤 바로 몸을 뺐다. 눈을 찡그리고 억지로 눈을 뜬 채 물러났다.

진자강이 암기로 위협하자 단령경에게 묶인 철 고리를 잡고 있던 문주급 중 한 명이 손을 놓았다. 힘의 균형이 한 번에 무너졌다.

단령경이 팔에 힘을 그러모아 철 고리를 당겼다. 문주급 한 명과 무사 둘이 동시에 허공을 떠서 날려 왔다.

단령경은 왼팔을 휘저어 철 고리를 마구 손에 휘감았다가 세 명이 바로 앞까지 날아왔을 때 내공을 폭발시키듯 뿜어냈다. 휘감긴 철 고리가 풀리며 날아가 세 명의 가슴을 뚫었다. 세 명은 가슴이 뻥 뚫린 채로 피를 토하며 바닥에 떨어졌다.

단령경은 진자강을 보고 고개를 끄덕였다.

긴말이 필요 없었다. 단령경은 진자강과 함께 가로막은 검수들을 헤치고 사파인들에게로 재합류했다.

삑! 삑! 삑! 삑!

호각 소리가 연이어 울렸지만 진의 흐름이 원활하게 돌지 못했다.

지속적이진 않지만 순간 순간 눈이 부신 바람에 진을 이루고 있는 무사들의 대응이 민첩하지 못했다. 명령의 육 할도 제대로 이행하기 어려웠다.

그것만으로 사파인들에게는 숨통이 트였다. 감충은 무사 둘을 때려죽이며 신을 내다가 방심한 바람에 허리에 한 칼을 맞기도 했다. 진 자체가 완전히 무력화된 건 아닌 때문이었다.

"쳇! 체면이 말이 아니군."

지혈을 하고 옷으로 베인 허리를 묶은 감충이 껄껄 웃으면서 멋쩍어했다.

*   *   *

제갈명은 갑자기 진의 움직임이 둔해진 걸 느꼈다. 산중에서 바삐 움직여야 할 진의 깃발들이 갑자기 어수선하게 멈춰 있었다.

주변의 무사들도 갑자기 눈이 부시다며 얼굴을 찡그렸다.

"어유, 왜 이러지?"

"갑자기 눈이 부셔."

제갈명은 내공을 끌어 올려 안력을 돋우었다. 산중의 무사들도 마찬가지였다.

다수의 무사들이 괜히 눈의 피로를 호소할 리 없다.

제갈가의 무사들만이 멀쩡하다. 처음부터 독룡을 상대할 생각으로 피독단을 물고 있었기 때문이다. 식사도 본가에서 가져온 건량으로만 해결했다.

아마도 독룡이 이쪽으로 공급되는 양식이라거나 식수에 수작을 부린 게 틀림없었다.

도대체 언제…….

제갈명은 오만상을 찌푸렸다.

사파인들은 무작정 서쪽으로만 달리는 중이었다.

'해를 등 뒤에 두고 있다?'

때문에 어떤 식으로든 진을 구성하고 있는 무사들이 해를 볼 수밖에 없는 상황이었다.

무사들이 눈이 부셔 제대로 싸우지 못하니 진의 운영이 다소 엉성해졌다. 필요한 만큼의 압박을 주지 못한다. 사파인들은 개개인의 실력이 높아서 정밀하지 못한 진으로는 위협을 받지 않았다. 사파인들은 닥치는 대로 무사들의 벽을 뚫고 서쪽으로 계속해서 내려갔다.

구궁팔괘진을 이루는 무사들 쪽에서 비명이 무더기로 터져 나오고 있었다.

"앞! 앞이 잘 안 보여!"

"이게 어떻게 된 거야?"

"으아악!"

하지만 제갈명은 사파인들의 의중을 파악하고 진의 구성을 바꾸었다.

산중의 상황은 그렇게 나쁘지 않았다.

제갈명이 바로 깃발을 들었다.

삐익! 삐익! 삐이이이익!

제갈명은 최우선적으로 진의 축을 사선으로 틀도록 지휘했다. 해를 안 볼 수는 없지만 최대한 덜 보면서 싸울 수 있도록 자리를 잡는 것이다.

진의 움직임은 매우 둔했다. 다행히도 훈련받은 제갈가의 무사들이 곳곳에 포진되어 진을 이끌고 있어, 그럭저럭 원하는 위치까지 축이 옮겨 갔다.

그 와중에 상당한 피해가 있었지만 겨우 사파인들의 탈출 속도를 줄일 수 있게 되었다.

"서쪽으로 가고 싶다 이거지?"

제갈명은 목행(木行)의 무사들로 하여금 서쪽에 두문(杜門)을 열게 했다. 두문은 감추고 숨기는 데에 유용한 진이다. 마치 생문인 것처럼 느껴지지만 진 안의 적을 깊이 끌어들여서 더 위험한 상황으로 만든다.

제갈명은 두문을 남서쪽과 북서쪽으로 번갈아 가며 계속 열었다. 사파인들은 자신들이 서쪽으로 진을 부수고 나가는 줄 알겠지만, 실제로는 계속해서 두문을 통해 구궁팔괘진의 가장 깊숙한 곳으로 스스로 들어오는 꼴이 되어 있었다.

제갈명은 회심의 미소를 지었다.

사파인들은 벌써 여덟 번의 두문을 지났다. 함정에 빠지고 있다는 걸 느끼지 못하게 간간이 상문으로 유도해 여러 명의 사파인들에게 상처를 입히기도 했다.

곧 사파인들은 구궁팔괘진의 최대 심처로 들어서게 된다.

심처에는 휴문(休門)과 경문(景門)이 있다.

휴문은 매우 고요하지만 두문과 반대로 무언가 숨어 있는 듯한 느낌을 주는 문이다. 꺼림칙하여 들어가기가 매우 불편하고 경각심을 느끼게 한다.

경문은 시끄러운 문이다. 경문을 금행 위주로 운행하게 되면 매우 위험해 보이지만 실제로는 아무런 실속이 없다.

그러나 거기에서 휴문이 아닌 경문으로 들어서면, 안쪽에 바로 사문(死門)이 있다.

그때부터는 진 내의 모든 문이 사문으로 변한다. 어디로 가든 사문을 벗어날 수 없게 되는 것이다!

사문이 무서운 점은 이후부터 만나는 모든 문이 사문이 된다는 점과, 그 사문의 핵심이 되는 곤궁(坤宮)의 고수들이 마음껏 날뛰게 된다는 점이었다.

심지어 제갈명은 최대한 개입하지 않으려 하고 있는 아미파조차 끌어들여서 곤궁의 중앙에 배치시켰다.

사문 안에서 아미파와 마주친 사파인들은 아마도 지옥 같은 경험을 하게 될 터였다.

진을 나타내는 깃발들이 소용돌이처럼 점점 중앙으로 몰려들고 있었다. 사파인들은 모르겠지만 지금 산중에 퍼져 있던 모든 무사들이 계속 밀집되고 있는 중이다.

제갈명은 기를 꽉 쥐었다.

"거의 다 잡았다!"

第七章

생로(生路)

서쪽으로, 서쪽으로.

사파인들은 큰 방해 없이 계속해서 나아갈 수 있었다.

피해가 아주 없는 건 아니었지만 예상했던 것보다 훨씬 수월하게 싸우고 있었다.

챙! 채챙!

앞을 가로막고 있던 사천의 무사들이 사파인들의 공격을 이겨 내지 못하고 눈을 비비며 철수했다. 다시 한번 길이 열렸다.

몇몇이 들떠 외쳤다.

"제갈가의 구궁팔괘진도 별거 아닌데?"

하지만 진자강은 왠지 위화감을 느꼈다.

사파인들 때문에 진자강이 가진 가장 강력한 독은 쓸 수 없었다. 그래서 독근채화의 잎을 썼다. 독근채화는 해가 뜨기 전까지는 중독된 걸 모를 정도로 별다른 증세가 없는 독이었다. 해가 뜨면 전투에서는 충분히 우위를 점할 수 있지만 그렇다고 진 자체가 와해될 정도의 위력은 아니다.

그런데 지금의 양상은 거의 구궁팔괘진이 수수깡처럼 박살 나는 듯한 느낌이 아닌가!

진자강은 편복을 보았다. 편복도 뭔가 이상하다는 듯 고개를 갸웃거리고 있었다. 진자강이 다가가자 편복이 말했다.

"일가팔문(日家八門)의 포국법(布局法)을 완전히 무시하면 진을 운영하는 쪽이 큰 해를 입게 돼. 우리야 그렇다 치더라도 진법의 대가인 제갈가에서 이런 식으로 진을 운영하는 건 뭔가 이상하군. 양둔과 음둔의 순이 완전히 엉망이야."

사천의 무사들이 물러나고 막고를 반복하는데, 그때마다 무사들이 하나둘씩 계속 죽어 나가고 있다.

옆에서 달려든 무사를 쳐 죽인 사파인이 칼의 피를 닦으며 편복을 나무랐다.

"기우(杞憂)야 기우. 지금 저놈들 꽁무니를 감추고 달아나는 데 급급한 게 안 보여? 양둔이고 나발이고 진법이 개 작살나니까 뛰는 거라고."

"그럼 뭔가 엇나가는 느낌이 있어야 하는데, 전혀 그렇 지 않은 기분이란 말이지."

편복은 주역으로 점을 친다. 구궁팔괘진의 진법 역시 기 본은 주역을 따른다. 진법에 대해 자세히 모르더라도 기본 적으로 추론은 가능하다.

진자강이 물었다.

"그럼 우리가 잘못 가고 있다는 말씀입니까?"

"우리야 독을 썼으니 서쪽으로 갈 수밖에 없지. 하지 만…… 우리가 가는 방향을 알고 있는 제갈가가 막지 않고 뻔히 내버려 두는 건……."

편복이 문득 생각난 것처럼 말했다.

"설마…… 우리를 따라 전체 진이 움직이는 건가? 우리 에게 맞춰서?"

"진 전체가 움직인단 말씀입니까?"

작은 진이라면 상관없지만 지금처럼 큰 진에서는 그게 쉬운 일이 아니다. 정교한 톱니바퀴처럼 돌아가는 진을 사 파인들의 움직임에 따라 매번 다시 맞춰 돌려야 하는 것이 다.

세살가니까. 뭐, 내 노파심일 수도 있지만."

그 말을 들은 진자강은 조용히 뒤로 빠졌다. 전열에서 후열로 물러나 가장 뒤로 갔다. 워낙 은밀하게 움직여 사파인들조차 진자강의 움직임을 알아채지 못했다.

진자강은 사파인들이 충분히 멀어질 때까지 기다렸다가 소매를 털었다.

독분이 주변에 뿌옇게 내려앉았다. 진자강은 그러곤 수풀에 몸을 숨기고 기다렸다.

제일 앞서 나가던 사파인 한 명이 주변을 둘러보다가 남서쪽 방향을 가리켰다.

"이쪽이야!"

남서쪽 비스듬히 탈출로가 보였다. 다른 곳에서는 무사들이 몰려드는데 그쪽만 숫자가 적어 보인다.

"잠깐, 저쪽은?"

북서쪽은 깃발도 잔뜩 있고 궁수들도 여럿 보인다. 함성소리도 크게 울렸다.

"와아아아아!"

하지만 실제로 인원은 많지 않아 보인다. 보이는 것보다 의외로 포위망이 옅어서 뚫고 나가기 쉬울 것 같았다.

"어느 쪽이지?"

그냥 쭉 서쪽으로 가도 되지만 그러면 양옆에서 협공을

당하는 꼴이 된다. 그럴 바엔 조금 비틀어서 둘 중 한쪽을 선택해 가도 되지 않을까 싶은 것이다.

편복이 외쳤다.

"휴문이 길문(吉門)이고 다른 문은 흉문(凶門)이다. 섣불리 들어가면 안 돼!"

"어느 쪽이 길문인데?"

"나도 모르지."

"에이 씨. 도움이 안 돼."

사파인들이 투덜거리면서 단령경의 결정을 기다렸다.

단령경이 양쪽을 유심히 살폈다. 한쪽은 매복이 있어 보이고 한쪽은 위험해 보이지만 실제 인원은 적어서 뚫기가 쉬워 보인다.

그러나 둘 다 함정일 가능성도 있다.

단령경은 고민 끝에 결정했다.

"직진합시다."

차라리 사이로 들어가는 게 낫다고 판단했다.

사파인들은 바로 직진했다. 양쪽의 문을 지키고 있는 무사들이 한동안 싸우다가 물러났다. 생각보다 양쪽의 협공은 강하지 않았다.

"휴문과 경문이다. 시끄럽기만 하고 둘 다 실속이 없었어."

하지만 사파인늘은 진자강의 말을 기억하고 있었다.

"생문은 사문에 있고 사문은 경문 안에 있다고 했지? 그럼 우리가 지금 경문을 통과했으니까……."

경문을 들어가면 사문이다. 앞에 있는 방향으로 계속 진행하면 바로 사문인 것이다. 하지만 생문으로 나가기 위해서는 사문으로 갈 수밖에 없다.

그나마 위안이 되는 것은 사문이 코앞이니 그만큼 생문도 거의 다 가까워졌다는 것이다.

"어디 한번 해 보자!"

"좋아, 이제 사문이다!"

"어디 사문 맛 좀 보자!"

사파인들이 만반의 준비를 하고 바로 뛰어들었다. 하지만 뛰어든 순간 사파인들은 급하게 멈추고 말았다.

그들의 앞에는 아미파의 여승들이 있었다.

일반 무사들이 사인이라면 아미파의 여승들은 염라대왕이다.

"젠장."

사파인들이 옆쪽과 뒤쪽을 돌아보는데, 갑자기 수풀과 나무 사이로 깃발들이 정신없이 오가기 시작했다.

삐이이이이익!

산 전체에 퍼져 있던 수많은 무사들이 자신들을 중심으로 원을 그리며 돌고 있었다.

탈출로들이 사라지고 모든 문이 일그러져서 방향을 찾기 어렵게 되었다. 게다가 모든 문마다 엄청난 숫자의 무사들이 중무장을 한 채 버티고 있었다.

진 자체가 사파인들을 중심으로 움직이고 있었다.

"일단 피해!"

아미파의 여승들을 상대로 정면에서 싸울 수는 없다. 사파인들은 좌측, 남쪽으로 꺾어 피했다.

하지만 다시 진이 움직였다. 깃발들이 사방에서 원을 그리고 움직이더니, 다시 한번 아미파의 여승들이 나타났다. 아까와 사람은 다르지만 여전히 아미파의 여승인 건 그대로이다.

몇 번을 피해 가도 마찬가지였다.

나중에는 사면 전체가 아미파의 여승으로 둘러싸인 채가 되어 버렸다.

"어이어이."

"이거 너무하잖아."

사파인들은 아미파의 여승들을 넘어서지 않고는 벗어날 수 없다는 걸 깨달았다.

감충이 앞으로 나섰다.

"내가 뚫는다! 나를 따라와!"

하지만 아미파 여승들은 한 치도 물러서지 않았다. 감충과 사파인들의 공격을 제자리에서만 방비했다. 일반 중소문파의 무사들과는 애초에 격이 달랐다.

채앵! 채챙!

싸우는 동안 다른 삼면의 아미파 여승들이 한 걸음씩 가까이 다가왔다.

편복이 두려워하는 소소를 끌어안으며 말했다.

"곤궁이다. 사문을 유지하는 곤궁의 문지기가 아미파라니. 아미파를 쓰러뜨리지 않으면 사문 안에서 생문을 찾을 수 없다는 건가."

감충이 이를 갈며 소리쳤다.

"다시 한번 뚫어 보자!"

아무래도 분위기가 이상타 생각한 단령경이 사파인들을 말렸다.

"기다려!"

망료가 떠나기 전 말했다. 아미파는 사파를 방해하지 않을 거라고. 그리고 한쪽 방향만 피하면 된다고 했다. 산의 중간까지 내려와 보니 알겠다. 그 한쪽 방향은 다름 아닌 지휘부가 있는 쪽이다.

그 의미를 생각하기 위해 사파인들을 뒤로 물리자, 아미파 여승들도 더 이상 공격해 들어오지 않았다.

'선공을 하지 않고 있다?'

말 그대로 벽.

공격하지 않으면 먼저 공격은 해 오지 않으나 달아날 길도 없다.

'독룡은 어디 있지?'

그런데 그때.

갑자기 위쪽에서 비명이 들려오기 시작했다.

"으아아악!"

아미파의 여승들은 물론이고 사파인들도 심상치 않은 비명 소리에 놀랐다.

"뭐야!"

사파인들이 지나온 동쪽의 길에서 무사들의 비명이 연이어 울려 퍼졌다.

삐익! 삐익!

긴급함이 느껴지는 호각 소리가 울리고 난리가 났다.

"독룡이다!"

사파인들은 눈을 휘둥그레 떴다. 진자강이 보이지 않는다 했더니 언제 뒤로 가서 진을 공격하고 있었단 말인가?

일각도 안 되는 사이에 수십 번의 비명 소리가 울렸다.

동쪽을 막고 있던 아미파의 여승들이 갑자기 길을 열었다.

진자강이 피투성이가 된 채 그쪽으로 걸어 들어오고 있었다. 물론 그것은 자신의 피가 아니었다.

"편복 노사의 말이 맞았습니다. 진이 움직이고 있었습니다."

진자강은 스스로 톱니바퀴의 사이에 뛰어들어 박살을 내고 온 것이다! 어차피 동쪽 산으로 다시 올라갈 일은 없는데다 아침이 되어 바람의 방향이 바뀌기 시작하여 마음껏 독을 썼다. 진이 움직이기 때문에 진자강이 독을 살포한 곳에 무사들이 스스로 들이받은 꼴이 됐다.

진자강이 사면을 포위한 아미파의 여승들을 둘러보았다.

아미파의 여승들은 무덤덤하다. 그들은 마치 무언가를 기다리고 있는 것 같았다.

아니 기다리고 있는 것 같은 게 아니라 기다리고 있다. 진자강의 답을 기다리고 있는 것이다!

진자강은 호흡을 고르며 눈을 감았다.

아미파의 장문인인 인은 사태와 당가에서 만났을 때가 떠오른다.

염왕의 목에 칼을 들이대고 인은 사태가 물었다.

첫째, 당가가 무너지면 서장 마교는 누가 막겠는가?

둘째, 북천(北天) 사파는 누가 견제하겠는가?

셋째, 염왕의 목을 베면 무림총연맹은 누가 견제하겠는가?

인은 사태는 구도를 위해 현 제도의 파격을 바라고 있다. 그러나 제도를 뒤집어엎겠다는 것은 인은 사태의 의도이지, 저 세 질문에 대한 진자강의 대답이라고는 할 수 없다.

진자강이 아미파의 여승들에게 말했다.

"질문에 대한 답을 드리겠습니다."

사파인들과 아미파의 여승들이 모두 진자강을 쳐다보았다.

진자강은 단호하게, 하지만 주저 없이 말했다.

"내가 하겠습니다."

사파인들이 그 말의 뜻을 이해하지 못하고 어리둥절해하는데, 아미파의 여승들이 돌연 검을 거두고 합장을 했다.

"나무아미타불."

오십 대의 여승이 한 걸음 나와 합장하며 말했다.

"빈니는 낭요입니다. 그 말씀, 뜻을 세웠다고 이해해도 되겠습니까?"

"그렇습니다."

"하면 그것을 위해 선행될 일이 있겠지요?"

그 대답은 이미 인은 사태가 보여 주었다. 인은 사태가 당하란이 잉태한 걸 알고서 바로 물러난 것, 그 이유가 바로 그 때문이다.

진자강이 대답했다.

"염왕을 죽이겠습니다."

사파인들은 진자강의 말에 소름이 돋았다. 뜬금없이 염왕이라니!

하나 낭요는 충분히 흡족한 대답을 들었다는 듯 물러섰다.

"독룡 시주의 말씀을 그대로 전하겠습니다. 오늘은 이대로 물러가지만 아미파는 추후 독룡 시주의 힘이 될 것입니다."

아미파는 사천의 다른 문파들과 교류를 갖고 있어 그들을 공격할 수는 없는 입장이다. 하나 지키고 있던 자리를 물러나는 것만으로도 구궁팔괘진에는 큰 타격을 줄 수 있다.

낭요가 말을 이었다.

"강호의 도의는 명분에서 나오며, 명분을 주장하고자 하는 자는 반드시 올바른 전모(全貌)를 알고 있어야 한다."

낭요가 진자강을 보며 다시 합장했다.

"장문 사태께서 남긴 말씀입니다."

"명분과 전모……."

진자강은 이제껏 전말을 모두 알지 못하였다. 개인적인 복수에 머무르고자 한다면 상관없다. 그러나 진자강이 한 번 더 나아가 복수 이상의 행동을 하고자 한다면 그간 알지 못했던 일의 전모까지 파악하라는 것이다. 그래야만이 힘을 받을 수 있다는 조언이다.

진자강은 포권으로 감사를 대신했다.

"말씀, 충분히 이해했습니다."

아미파의 여승들은 그대로 물러서서 진을 이탈해버렸다.

그 순간 사방의 사문이 사라지고 평범한 길이 되어 버렸다.

탈출로가 눈앞에 뻥 뚫린 셈이다. 편복이 감탄했다.

"사문 안에 생문이 있다는 게 이런 뜻이로군."

곤궁을 맡은 아미파가 사문의 빗장 역할을 하고 있었기 때문에 곤궁이 사라지니 빗장이 열린 것이다.

사파인들은 여전히 어리둥절해했다. 하나 아미파가 사라지고 진의 일부가 붕괴되었으니 지금 같은 호기를 놓칠 순 없었다.

진자강이 단령경을 보며 고개를 끄덕였다. 지금은 그 일을 설명할 때가 아니다. 아미파의 이탈과 후방의 진형 붕괴로 구궁팔괘진의 톱니바퀴가 멈춰 섰다.

"가죠."

진자강이 선두에 서서 사파인들을 산 아래로 이끌기 시작했다.

　　　　　*　　　　*　　　　*

　백리중은 양손을 피에 물들인 채 산봉우리에서 아래를
내려다보고 있었다. 자세한 상황까지는 몰라도 진의 뭉개
지고 아미파의 여승들이 떠나는 모습은 볼 수 있었다.

　"아미파의 잡것들이……."

　백리중은 진자강과 사파인들의 무리가 서쪽으로 계속해
서 내려가고 있는 것도 확인했다.

　잠시 생각하던 백리중이 찢어진 천에 손을 닦으며 중얼
거렸다.

　"그냥 다 죽여야겠어."

　백리중은 살기 어린 목소리로 말하곤 산 아래를 향해 훌
쩍 몸을 날렸다.

　백리중이 서 있던 자리에는 원래 어떤 모습인지 알 수 없
을 정도로 구겨진 시체 한 구가 있었다. 짜개진 등패가 사
방에 흩날려 있어서 그의 정체만을 짐작게 할 뿐이었다.

　　　　　*　　　　*　　　　*

　망료는 수레에 처박힌 채로 산중의 상황을 지켜보면서
낄낄거렸다.

진의 방위를 나타내는 깃발들이 우왕좌왕하는 것이 제대로 돌아가지 않는 게 눈에 선했다.

"아미파가 철수한 모양이로군."

아미파가 원하는 걸 얻었다는 뜻이다.

그렇다면 망료도 움직일 때가 되었다.

망료는 자신을 감시하고 있는 무사에게 말을 걸었다.

"이봐. 소피가 마려운데."

무사가 자신더러 어쩌라는 거냐고 망료를 쳐다보았다.

"보다시피 의족은 부러지고 팔은 빠져서 아무것도 못 하는 신세라네. 그냥 이대로 쌀까? 어깨를 잡고 일으켜서 잡아 주기만 하면 되는데."

"내가 노인장의 오줌 수발까지 들란 말이야?"

"그럼 그냥 손만 들어서 잡아 주면 돼. 나머진 내가 알아서 할 테니."

무사가 짜증을 내면서 힘없이 늘어진 망료의 손을 잡아 주었다.

"꽉 잡아."

"알았소. 그런데 이걸로 뭘 어쩌려고……."

그 순간 망료가 어깨를 힘껏 당겼다.

우둑!

빠진 팔이 맞춰졌다. 무사가 깜짝 놀랐다. 망료는 팔을 놓고 물러서려는 무사를 당겨서 머리 위에 올라탔다. 양 허벅지로 목을 감고 돌렸다.

으드득.

목뼈가 돌아가며 무사의 몸이 경련했다.

"고마워. 참 좋은 친구야. 요즘 같은 세상에 이런 착한 친구는 보기 어려운데."

망료는 자신의 다른 쪽 팔을 잡아당겨 맞췄다. 그러곤 부러진 의족으로 땅을 딛고 일어섰다.

"자자, 바쁘다 바빠."

단령경에게 이쪽으로 내려오지 말라고 한 것은 진자강과 마주치지 않기 위해서다. 아직 진자강과 만나선 안 된다. 모든 만남이라는 건, 그것이 설사 하루 중에라도 다 때가 있는 법이다.

*   *   *

제갈명은 당황했다.

"젠장!"

진의 운영이 엉망이 됐다. 진자강이 한쪽에 독을 살포해서 그쪽의 구성 인원들이 제법 타격을 입었고, 무엇보다 아미파가 이탈하여 피해가 가장 심대했다.

"설마하니 대놓고 반기를 들 줄이야······!"

아마 제갈가의 역사상 구궁팔괘진이 이렇게 불리한 상황에 처한 것도 몇 번 되지 않을 것이다.

하지만 아무리 피해를 입었어도 아직 구성원들의 숫자 자체는 크게 줄지 않아서 여력은 남아 있다. 제갈명은 진을 해체해 최대한 서쪽으로 집중했다.

다시 한번 구궁팔괘진을 재구성할 생각이었다.

그리고 이번엔 자신이 직접 나서서 곤궁을 맡을 것이다.

하지만 제갈명이 미처 지휘부를 떠나기도 전에 키 작은 누군가가 앞을 가로막았다. 아니, 키가 작은 게 아니라 의족이 부러져 무릎으로 걷고 있는 망료다.

"덕분에 자알 봤소이다. 이제 끝난 것 같아서 왔는데······ 어째? 아직 너 할 게 남았소이까? 있다고 하면 좀 더 구경해 보고."

제갈명의 입술이 비틀렸다.

"보잘것없는 목숨을 살려 놨더니 주제도 모르고."

"에이 보잘것없다는 게 말이 되나. 그래도 무림맹주를 죽일 뻔했던 몸인데."

제갈명이 얼굴을 굳히고 물었다.

"이런 짓을 하는 이유가 뭐지?"

"사선 부림을 고립시키기 위해서!"

"뭣이?"

"구주육천의 재편성에 한 손 거들까 하고 말이외다."

"네깟 놈이 말이냐?"

망료가 헛웃음을 지었다.

"허어. 이거 실망이구먼? 세상이 당신네 같은 몇 사람으로 인해 돌아간다고 생각하면 오산이야. 그 밑에서 움직이는 사람들이 없으면 원하는 바가 이루어질까? 나 같은 놈이 여럿 모여서 하나둘 밭을 일궈 놔야 뭐든지 되는 거라고."

"개똥도 쓸 데가 있다?"

"아직도 이해를 못 하는군. 당신 밑에서 밥해 주는 사람, 시중드는 사람이 없으면 어떻게 되지? 당신이 일일이 사냥을 해서 요리를 하고 밥을 해 먹어야 하지. 하루 종일 사냥하고 작물 돌보고 밥해 먹느라 계략이고 뭐고 꾸밀 시간도 없을걸? 하다못해 똥을 누면 요강이 절로 걸어가 치워지나? 그것도 다 일일이 거름에 섞어서 묻어 놔야 해. 밑에 놈이 없으면 똥 한 번 싸는 것도 일이야."

"그런 하찮은 놈들이 하는 일에 나를 비교하다니. 점점 불쾌해지는군."

"말귀를 못 알아듣네. 그 하찮은 일을 놈들이 없으면 다 네놈이 해야 할 일이란 말이다."

망료가 혀를 차며 고개를 저었다.

"쯧쯧쯧. 곱게 자란 놈들은 이래서 문제야. 세상이 공짜로 돌아가는 줄 안다니까?"

"혀가 길구나. 그래서 네놈이 나를 어찌해 보기라도 하겠다는 것이냐?"

"어허. 이런 멍청한 놈이 구궁팔괘진을 지휘한답시고 이러고 있으니 진이 망했지. 내가 이 꼬라지로 당신과 싸우겠다고 나타났을까?"

그 순간, 제갈명은 엄청난 살기를 느끼고 뒤돌아섰다.

아미파의 마사불 묘월이 막사를 헤집고 들어서는 중이었다. 살기를 줄기줄기 내뻗는 데다 칼에는 이미 피가 흐르고 있어서 의도를 달리 의심할 필요가 없었다.

"마사불! 아미파는 대체 무슨 생각인가!"

제갈명이 등을 보이자 망료가 바로 달려들어 쌍장을 내뻗었다. 제갈명은 허리를 돌려 마주 일장을 뻗었다. 반대쪽에서 묘월도 달려들었다.

"아미타불. 제갈 시주는 고이 성불하시오. 내 죽이러 갈 놈이 있으니 가급적 빨리 죽어 주시구려."

제갈명의 손이 어지러워졌다.

"이놈들이 감히!"

제갈명은 망료에게 등짝을 한 대 얻어맞고 휘청거렸다. 망료는 한 대 때리고 나서 속이 개운해졌다는 듯 손을 멈췄다. 그러더니 제갈명이 떨군 깃발들을 주워 모았다.

"자아, 이것이 그 유명하신 제갈가의 구궁팔괘진 지휘기인가?"

"네 이놈!"

제갈명이 일갈했으나 망료를 제지할 수 없었다. 묘월의 검은 매섭고 날카로워서 도무지 틈이 없었다. 제갈명은 겨우 섭선을 꺼내 맞섰다.

그사이에 망료가 지휘기를 들고 밖에 나가 흔들기 시작했다.

"이것, 이렇게 하는 것 맞나? 어이쿠, 움직이는 게 보이는구만. 재미있는데?"

"그만두지 못하겠느냐!"

"거 댁은 댁 일이나 신경 씁시다. 남의 일에 신경 쓰지 말고."

망료는 껄껄 웃으면서 아무 기나 들고 흔들었다. 이제껏 뒤에서 제갈명이 하는 모습을 보아 왔기에 운용법은 몰라도 얼추 하는 행동은 비슷해 보였다.

"이노옴―!"

제갈명은 극도의 분노를 드러냈지만 묘월을 떨쳐 낼 수 없었다.

"껄껄껄!"

망료는 신난다는 듯 지휘기를 아무거나 들고 흔들어 댔다.

*　　　*　　　*

진이 엉망이 되었다.

무사들끼리 움직이다가 서로 부딪치기도 하고 전혀 엉뚱한 방향으로 떨어져 나가기도 했다. 엉키고 설켜서 뒤죽박죽 난리가 났다.

구궁팔괘진에 엄청난 혼란이 왔다.

"뭔가 이상해!"

"무슨 일이 생긴 거야!"

제갈손기는 제갈명에게 이상이 생겼음을 깨달았다. 구궁팔괘진에 모든 전력을 투입한 탓에 지휘 막사에는 별다른 병력도 없다.

문주들도 제대로 된 지휘가 없어서 당혹해하고 있었다.

그렇다고 당장에 지휘부까지 되돌아갈 수도 없었다. 그랬다간 이미 와해되고 있는 중인 구궁팔괘진의 붕괴가 가속화될 것이다.

"백주에 놈들의 탈출을 막지 못한다면 우리는 강호의 웃음거리가 되고 말 것이오!"

사천의 문주들이 소리쳤다.

십삼 개, 오백 명 이상이 모여서 제갈가의 구궁팔괘진까지 더했다. 그런데 스물 남짓한 사파인들을 잡지 못한다면 사천 무림의 자존심은 땅에 떨어지고 만다.

"방법을 찾아야 하오!"

제갈손기는 이를 갈았다.

"이렇게 되면……."

남은 방법은 하나뿐.

"문주들께서는 본인을 따라 주시오!"

제갈손기는 남은 문주들 열 명을 데리고 서쪽으로 뛰었다. 사파인들과 전면전을 펼치더라도 진을 재정비할 수 있도록 시간을 끌 생각이었다.

제갈손기가 문주들과 함께 빠르게 이동해 사파인들의 앞을 가로막았다.

아무리 중소 문파라 하더라도 문주급이니 만큼 무시할 수는 없는 실력을 갖고 있었다. 그들이 사파인들을 막아서자 사파인들의 탈출 속도가 느려졌다.

단령경과 감충, 그리고 몇몇 사파인이 길을 뚫기 위해 나섰다. 하나 그사이에 제갈손기가 새로 지휘에 나섰다.

"진법의 지휘를 무시하고 모두 이쪽으로 모여라!"

제갈손기의 목소리를 들은 무사들이 몰려들기 시작하고

있었다.

마구 뒤섞여서 난전이 벌어지면 당연히 사천 문파들 쪽의 피해가 크다. 하지만 진이 엉망인 채로 놓치는 것보다는 낫다. 사천 무사들과 문주들이 악에 받쳐서 달려들었다.

"와아아아!"

챙! 채챙!

"으악!"

사방에서 칼과 창이 난무하며 서로들 섞여서 난리가 났다. 사파인들로서도 무사히 빠져나가는 게 목적이지 이곳에서 뼈를 묻는 게 목적이 아니다. 어느 쪽도 바라지 않는 양상의 혼탁한 싸움이 되어 버렸다.

진자강도 이렇게 섞이면 함부로 독을 쓸 수 없다. 탈혼사도 같은 편을 다치게 할 수 있어 봉인된다.

그런데 그때.

갑자기 어디서 나타났는지 복면을 쓴 맨손의 무리들이 싸움에 난입했다.

숫자는 대여섯 명에 불과한데 각기의 실력이 매우 뛰어났다.

복면인들은 절묘한 금나수로 사천 무사들을 제압하고 혈도를 짚어 무력화시켰다. 그 와중에도 살수를 쓰지 않고 있었다.

심지어 문주들과 일대일, 이 대 일로 싸워도 밀리지 않았다.

"당신들은 뭐야!"

"우리는……."

복면인들이 서로를 나무랐다.

"어허, 입조심하라고 장로님들이 신신당부하지 않았느냐."

"죄송합니다, 무량수……."

"이런 멍청한 녀석! 천존이 어찌 너 같은 녀석을 보내서……!"

"아이고, 사백님."

"으응?"

복면인들의 말투를 들은 문주들이 경악했다.

"청성파!"

복면인들이 난처해했다.

"허어. 거짓말을 하기가 이리도 어려운가."

사천의 문주들과 무사들로서도 난감해했다. 비록 청성파가 무림총연맹에 반하여 불순 세력으로 몰렸으나, 사천에서 오랫동안 함께 해 온 동지다.

분지 형태로 고립된 지형인 사천 무림은 그들만의 독립된 소속감을 갖고 있다. 게다가 청성파는 존경받는 도가의 문파다. 사천 무림들은 청성파에 호감이 있으면 있었지, 악

감정은 전혀 없다.

문주들이 당황해서는 무사들을 물렸다.

"청성파의 도사들께서 어찌 이런 사파의 무리를 비호하시는 겝니까!"

복면인 중에 한 명이 나서서 말했다.

"상황이 이렇게 되었으니 양해해 주시오. 살수를 쓸 생각은 없으니 괜찮다면 이대로 물러서 주면 고맙겠소."

"놈들은 우리의 형제들을 죽이고 사천 무림을 우습게 만든 자들입니다. 여기서 물러선다면 우리가 무슨 꼴이 되겠습니까!"

"하지만 애초에 무림총연맹이 아니었다면 서로가 싸울 일은 없었소이다. 저들은 그저 가는 길을 가면 되었고, 우리는 그저 지켜보기만 해도 되었을 것이외다."

문주들이 망설이자 제갈손기가 나섰다.

"우리는 모두 무림총연맹 소속으로 반란 분자들을 잡을 의무가 있소! 사천삼강이 모두 무림총연맹의 뜻을 거부하였으니 그들은 그에 걸맞은 대가를 치르게 될 것이오! 하나 지금 우리에게 협력한 여러분들에게는 그에 맞는 포상이……."

그의 말이 역효과를 내었다.

사천에서 당가, 아미파, 청성파의 사천삼강이 갖는 무게는 외부에서 보는 바와 다르다. 사천삼강이 모두 물러섰다면 나머지 중소 문파들도 마찬가지다.

문주들이 서서히 발을 뺐다. 제갈손기가 당황했다.

"이보시오들?"

사천 문주들이 곤란한 표정으로 말했다.

"우리더러 사천삼강을 적대시하란 말이오?"

"알량한 포상을 받고 사천에서 삼강과 싸우라?"

제갈손기가 말을 수습했다.

"싸우라는 뜻은 아니외다. 하지만 무림총연맹의 행사를 이 지경으로 만들었으니 책임을 피할 수 없다는 뜻이오!"

사천 문주들은 싫은 기색을 더 역력히 냈다.

"사천에서 삼강을 무시하고선 존립할 수 있는 문파가 없소."

사천 문주들의 속셈을 모르는 제갈손기가 아니다.

만일 무림맹주인 해월 진인이 멀쩡한 상태였다면 이들은 절대로 불만을 토로하지 않았을 것이다.

그간 날개를 펴지 못하고 있던 효웅(梟雄)들이 호시탐탐 기회를 엿보고 있으니 앞으로 초래될 혼란이 눈에 보지 않아도 뻔한 터.

일이 잘못된다면 사천의 중소 문파들이 기댈 곳이라고는 사천삼강밖에 없다.

해월 진인의 수제자나 다름없는 백리중은 사실상 끝 떨어진 연이나 다름없으므로 마음 놓고 비빌 만한 언덕은 아니다. 근 일 년을 독룡 한 사람조차 잡지 못하고 있는 제갈가는 더더욱 그러하다.

차라리 당가와 아미파, 청성파가 있는 사천에서 붙어 있는 게 훨씬 나은 것이다.

오죽하면 청성파가 싸우지 않고 도피를 선택했을 때 중소 문파들은 오히려 안도의 숨을 내쉬었을 정도다. 청성파의 전력이 고스란히 보존된다면 언제든 재기할 수 있다.

신의가 아닌 이해관계로 결집된 무림총연맹.

해월 진인이 만들어 낸 강호의 새로운 기준은 오히려 무림총연맹의 결속을 약화시키는 결과를 자초한 것이다.

그들의 속셈을 눈치챈 제갈손기가 강한 어조로 윽박질렀다.

"하면! 이대로 도망갈 것이오? 청성파, 아미파, 당가와 같이 배신자의 노선을 걷다가 사천 무림이 몰살되는 쪽을 택하겠소이까!"

"말을 조심하시오!"

사천 문주들이 화를 냈다.

"제갈가가 아무리 대단하다 한들 사천에서는 외부인이오!"

"외부인이 무얼 안다고 몰살이니 뭐니 말을 함부로 하는 것이외까?"

분위기가 이상해지자 제갈가의 무사들이 제갈손기의 쪽으로 몰려들었다. 오십 명에 가까운 수였다.

사천의 문주 중에 한 명이 나서서 말했다.

"우리는 사파도 싫어하지만 남들이 감 놔라 배 놔라 하는 것도 싫소. 우리가 그간 서장 마교니 북천 사파니 싸우는 동안 무림총연맹에서 해 준 게 뭐가 있소이까? 그런데 뭐? 사천 무림을 몰살시키겠다고?"

사천 문주들이 화가 난 표정으로 제갈손기를 노려보았다.

사천 문주들의 항의가 심해졌다.

"사천삼강이 다 손을 털고 갔어도 우리가 남아 있는 건 무림총연맹에 대한 의리 때문이오. 그런데 우리를 몰살시킨다니. 우리가 무림총연맹의 노예라고 생각하면 오산이외다!"

제갈손기가 입술을 깨물었다. 사천 무인들의 자존심을 잘못 건드렸다. 저들의 도움이 필요한 상황이니 잘 구슬려야 한다.

"미안하오. 말이 헛나왔소. 그것은 본인이……."

하지만 제갈손기는 말을 하다 말고 입을 다물었다.

엄청난 살기가 갑자기 쏟아졌다. 제갈손기뿐 아니라 장 내의 모든 이들이 살기를 느꼈다.

어찌나 살기가 지독한지 숨을 쉴 때마다 숨에 가시가 박 힌 것처럼 느껴졌다.

사천의 무사들과 사파인들은 살기의 진원지를 쳐다보았 다.

살기의 진원지가 말했다.

"역적 도당들에게 무슨 사과를 하나. 모두 죽여 없애야 지."

단령경이 진원지를 보고 소리를 질렀다.

"당신!"

백리중이었다. 백리중은 양손과 얼굴에 피를 칠하곤 장 내로 걸어 들어왔다. 눈가가 살기로 붉그스름하게 물들어 있었다.

백리중은 힐끗 곁눈질로 단령경을 쳐다보았다가 사천의 문주들을 돌아보며 중얼거렸다.

"그래서 무림총연맹이 사천을 믿지 않는 게야."

"뭐라고?"

가까이에 있던 사천의 무사가 백리중의 말에 발끈했다. 순간 백리중이 손등으로 무사를 후려쳤다.

빽! 우지끈!

무사의 몸이 몇 장이나 날아가서 나무를 부수고 처박혔다. 사천의 문주들이 분노했다.

"무슨 짓이외까!"

백리중은 나지막이 뇌까렸다.

"이놈이나, 저놈이나. 마음에 드는 게 하나도 없어."

목소리가 음산했다. 사천 문주들은 뭔가가 이상하다는 걸 느꼈다. 정종의 심법을 익힌 정파의 고수에게서 이런 음습하고 축축한 살기가 느껴지는 것은 이상한 일이었다.

사천 문주들은 자신들의 무사를 쳐 죽인 백리중에게 화가 치밀었다.

"우리는 여기서 관두겠소!"

"할 수 있으면 댁들끼리 어디 잘 해 보시지!"

제갈손기는 말리려 했다.

"잠깐 기다리시오! 내가 말실수한 걸 인정하겠소. 하지만 지금 그만두면……!"

하지만 백리중은 전혀 거리낌없이 말했다.

"가라. 하지만, 눈에 띄지 마라."

사천 문주들이 발끈했다. 백리중이 말을 덧붙였다.

"이후로 내 눈에 띄는 놈들은 변절했다 간주하고 모두 죽인다."

사천의 문주들이 백리중의 오만함에 치를 떨었다.

"가자!"

사천 문주들은 무사들을 수습해서 물러나 버렸다.

제갈손기는 그들을 막지 못했다.

"얼어죽을……!"

구궁팔괘진이 이렇게 흐지부지 깨질 줄이야 누가 알았겠는가! 제갈손기는 머리를 감싸 쥐었다. 구궁팔괘진이 두 번이나 실패한 바람에 제갈가로서는 다시 회복하기 어려운 치명상을 입게 되었다.

게다가 도대체 제갈명은 어찌 된 거란 말인가! 왜 지휘를 하지 못하고 이제껏 소식이 없는가!

"고민 끝났나?"

제갈손기가 백리중을 올려다보았다. 백리중이 불그스름한 눈으로 제갈손기를 내려다보며 말했다.

"고민 끝났으면 일어서게. 저것들을 전부 쳐 죽여야지."

제갈손기는 자신의 뺨을 때려 정신을 수습했다. 아직 사파인들과 배신자인 청성파 도사들이 남아 있었다.

그리고 독룡도.

최소한 독룡은 죽여야 체면치레를 할 수 있다. 제갈손기가 소리쳤다.

"제갈가의 무사들은 들어라! 오늘 이 자리에서 죽을 각오로 싸워 제갈가의 명예를 지킬 것이다! 살아 돌아간다고 생각하지 마라!"

제갈가 무사들이 무기를 꼬나 쥐고 전의를 끌어 올렸다.

청성파의 복면인들은 곤란해하면서도 싸움을 피하지 않았다.

진자강이 나섰다.

"저자는 제가 맡겠습니다."

단령경이 외팔로 진자강을 가로막았다. 단령경의 눈에는 이글거리며 불꽃이 타오르고 있었다.

"오늘만큼은, 이번만큼은 나를 막지 말아 주게."

단령경은 무암 존사가 토막 나 죽어 가던 모습이 눈에 선했다. 단령경이 날카로운 살기를 뿜어냈다.

"돕겠습니다."

진자강이 함께 싸우겠다고 말하는데 이번엔 청성파의 복면인 한 명이 진자강의 앞을 막았다.

"어른들 일에 애들 끼는 거 아니다."

복면은 했지만 건장한 체구에 목소리와 말투도 익숙했다.

진자강이 복면인을 빤히 올려다보니 복면인이 인상을 썼다.

"뭘 그리 보느냐? 내가 누군지 아느냐?"

"아닙니다."

진자강은 갈등하고 있었다. 백리중에게 복수해야 하는 건 진자강도 마찬가지지만, 복천 도장에게도 충분한 자격이 있다. 무암 존사의 복수를 해야 할 것이다.

하나 진자강은 이 순간을 위해 지옥 같은 갱도의 팔 년을 버렸다.

그런데 지금은 양보할 수밖에 없다는 생각을 하고 있었다.

진자강은 최근에 자신의 생각이 많이 달라졌음을 깨달았다.

복수의 의미가 흐려진 걸까?

아니.

의미는 흐려지지 않았다.

다만, 지켜야 할 사람이 생겼다는 변화가 있었다.

과거의 진자강은 힘이 없었기에 복수를 끝까지 할 수 있을지 기약하지 못했다. 복수를 마친 뒤까지 생각할 여유가 전혀 없었다. 하여 힘이 없을 때에는 단 한 번의 기회를 놓치지 않기 위해 목숨을 걸고 필사적으로 매달렸다.

그러나 지킬 사람이 생긴 지금에까지 그래서는 안 되었다.

복수가 끝난 후의 미래를 생각해야 했다. 진자강 본인이 아니라 당하란과 아이를 지키기 위해서 더 멀리 보는 안목을 가져야 했다.

진자강이 복수를 하면 필히 생겨날 보복에서 그 둘을 지켜야 했다.

　그러기 위해 진자강은 청성파의 지지를 끌어냈고 아미파의 손을 잡았다. 그리고 장래에 진자강에게 또 하나의 힘이 될 산동 사파를 무사히 살려 보내야만 했다.

　그것이 복수 후에 진자강과 당하란, 아이의 안전을 보장해 주게 될 것이다.

　최악의 경우에 백리중을 살려 보내는 한이 있어도 산동 사파를 살려 보내는 것이 우선이었다.

　진자강은 조용히 한 걸음을 뒤로 물러났다. 복면을 쓴 복천 도장은 진자강을 잠깐 바라보더니 백리중에게로 시선을 돌렸다.

　이어 진자강의 옆으로 작은 체구의 복면인이 다가와 소매를 끌었다.

　"도우님."

　운정이었다.

　운정은 고개를 좌우로 돌리며 누군가를 찾고 있었다.

　"소소는 편복 노사와 함께 뒤쪽에 있습니다."

　"아아, 그렇군요. 다행입니다."

　주변을 한 번 더 둘러본 운정이 말했다.

　"상황이 묘하게 되었습니다."

제갈손기와 제갈가의 무사 오십. 그리고 백리중.

이쪽은 산동 사파 열댓 명에 청성파 다섯.

청성파가 합류한 덕에 고수가 많아서 그렇게 밀릴 정도는 아니었다.

"우선 길을 열어야겠습니다."

백리중은 단령경과 복천 도장에게 맡겨 두고 진자강은 제갈손기와 제갈가 무사들을 맡기로 했다.

잠시 소강상태였던 산중이 점점 긴장으로 고조되기 시작했다.

복천 도장이 단령경에게 나지막하게 말했다.

"빈도가…… 아니, 내가 이전에도 말했지만 나는 귀하가 매우 싫소이다. 사형은 평생을 당신 때문에 괴로워했소."

단령경은 복면으로 얼굴을 가리고 있는 복천 도장의 눈을 빤히 바라보며 말했다.

"나도 도장이 한 말의 의미를 깨달았다오. 마지막에야…… 존사께서 웃으며 입적하실 때에. 그리고 그때에야 비로소 존사의 마음을 받아들일 수 있었다오."

복천 도장의 눈시울이 붉어졌다.

단령경이 복천 도장에게 권했다.

"나는 후회하였고 또 후회하고 있지만 이젠 돌아갈 길이 없구려. 하지만 지금에야 비로소 내 무지함과 만용의 대가를 치르고 싶다오. 도와주시겠소?"

복천 도장이 이를 악물고 무뚝뚝하게 대답했다.

"도와 달라고 하지 않아도 할 거요. 그러나 그건 귀하를 위해서가 아니라 한평생 멍청하게 살아온 내 사형에 대한 마지막 조의일 뿐이오."

"어쨌거나 우리는 같은 일을 하게 되겠군."

단령경이 외팔에 도 한 자루를 주워 들었고 복천 도장도 청강검을 꺼내 쥐었다.

"조심하시오. 존사께서 마지막에 무언가의 낌새를 눈치채고 내게 달아나라고 하였소."

"저 속이 시커먼 작자가 무슨 흉계를 꾸미든 이상한 일은 아니지."

백리중이 둘이 나누는 말을 듣더니 코웃음을 쳤다.

"유언은 다 하였느냐? 그렇잖아도 뒤끝을 남겨 두고 싶은 생각이 없었는데 잘 되었구나. 역적의 무리들, 깨끗이 죽여 주마. 내 과거의 오점을 포함해서."

복천 도장이 검을 살짝 털듯이 흔들었다.

스르르!

검에서 청명한 검기가 한 자나 뿜어 나왔다. 복천 도장이 검기의 끝으로 백리중을 가리켰다.

"금강천검 백리중. 그대가 잘 모르는 게 하나 있다."

"내가 모르는 게 있다고? 네가 일도인 사형보다 강한가?"

백리중이 비웃자 복천 도장이 이를 씹으며 말했다.

"실력은 사형이 좋았지만, 사형과 내가 다른 게 있지."

"뭐지?"

복천 도장이 가타부타 말도 없이 기습적으로 백리중을 공격했다.

차아앙!

복천 도장의 검기와 백리중의 검기가 맞부딪치며 산란된 빛의 파편을 쏟아 냈다.

복천 도장이 힘으로 백리중을 누르면서 말했다.

"나는 본래 근본이 없는 놈이라 얽매이는 게 없거든!"

백리중이 버티면서 입가에 미소를 지었다.

"안 됐지만 나보다 더 사형을 모르는가. 그건 사형도 마찬가지였다네. 아니, 근본이 없기는 더 심했지."

복천 도장의 눈썹이 일그러졌다.

"망자를 모욕하는 데에는 도가 텄군."

차앙!

백리중이 복천 도장을 뿌리쳤다. 단령경이 바로 가세했다. 세 사람이 어우러져 검을 섞었다.

가장 고수인 세 사람이 마음껏 살수를 펴자 사방으로 검기가 날아다녔다.

제갈가 무사들과 사파인들, 그리고 청성파의 도사들도 싸움을 시작했다. 청성파의 도사들은 살육보다는 무력화를 위주로 하고 사파인들을 보호하는 데에 더 집중했기 때문에 무공이 고강함에도 완벽하게 승기를 잡지는 못했다. 운정도 소소를 보호하느라 정신이 없었다.

이럴 때에는 대장을 쓰러뜨려야 끝난다.

진자강은 처음부터 제갈손기를 보고 달렸다.

제갈손기도 진자강을 보고 눈을 치켜떴다.

이 모든 사건의 원흉이며, 제갈가의 최명부를 받은 독룡.

독룡만큼은 반드시 죽여야 했다.

괜히 제갈가의 이인자인 제갈명을 따라다니는 게 아니다. 제갈손기도 가문에서 스무 명 안에는 꼽히는 실력자다.

제갈손기는 왼손에 검을 쥐고 오른손은 뒤로 빼 기묘한 기수식을 취했다. 검도 일반적인 검보다 한 뼘이 짧은데 검신을 따라 긴 홈이 패어 있고 끝이 세모꼴로 뾰족한 기형검이었다.

'왼손잡이!'

진자강은 내공을 일으켜 네 개의 둑을 가득 채웠다.

옥허구광 오뢰합마공은 처음부터 내공을 최대로 사용할 수 있는 것이 장점이다. 체내의 세맥과 탁기의 기운을 현재 한도까지 끌어내 사용하기 때문에 단전에 쌓은 내공보다 쉽게 힘을 펼칠 수 있다.

진자강의 눈이 바삐 움직였다. 제갈손기가 오른손을 뒤로 숨기고 있는 것이 마음에 걸린다. 제갈손기가 보법을 밟으며 간격을 좁혀 왔다. 오른손이 갑자기 뻗어 나왔다.

제갈가의 수공인 천산귀백공(天山鬼魄功)이다. 지풍과 장풍이 섞여 있는데 지풍보다는 둔하고 장풍보다는 날카롭게 퍼지는 성질이 있다. 진자강은 몸을 옆으로 이동했다.

그 순간 제갈손기가 왼손을 뻗었다. 섬전처럼 검이 세 번이나 진퇴를 반복했다.

파카칵!

굉장한 속도와 검신에 난 홈 때문에 귀청이 다 얼얼해질 정도로 파공음이 울렸다.

진자강은 급히 어깨를 틀었지만 어느샌가 어깨에 세모꼴의 상처가 남았다. 검에 난 홈을 따라 피가 쭉 뿜어져 나왔다.

천공검(穿孔劍)!

제갈손기가 빠르게 호흡을 하며 왼쪽 팔꿈치를 당겼다가 튕기듯이 앞으로 밀어냈다.

키이잉!

지독할 정도로 자격(刺擊)에만 치우친 공격법이었다. 그러나 찌르기에만 집중하여 그 속도가 상상 이상으로 빨랐다. 어깨와 팔꿈치만을 이용해 당기고 찌르는 데 큰 힘을 주지 않아도 충분히 위협적이었다.

진자강은 보법을 밟으며 자격을 피했다. 제갈손기가 오른손 손가락을 모았다가 펼치며 팔을 휘저었다.

손가락에서 여러 갈래의 기가 난반사하듯 퍼졌다. 단순한 찌르기 때문에 부족한 변화를 천산귀백공으로 메우는 것이다.

순간적으로 손가락을 펼쳐 사용하기 때문에 다섯 가닥의 지풍과 장심에서 튀어나온 장풍이 어디로 향하는지 파악하기가 까다로운 공격이다.

진자강은 옆으로 바닥을 굴렀다.

파파팍!

바닥과 나무 기둥에 지풍과 장풍이 박혔다. 흙이 튀고 나무껍질이 박살 나 흩어졌다.

제갈손기가 오른손의 검결지로 천공검의 검날을 훑으며 다음 초식을 준비했다.

진자강은 몸을 낮춰 일어나 침을 쥐고 던지려 했다. 근거리에서 암기를 던지는 것은 진자강의 특기다. 하지만 제갈손기는 자신의 목숨은 안중에도 없다는 듯이 천공검으로 진자강의 손바닥을 향해 자격을 날렸다.

예전의 진자강이었다면 손을 버릴 생각을 하고 암기를 끝까지 날렸을 것이다. 하지만 진자강의 직감이 불리하다는 것을 감지했다.

진자강은 손목을 교묘히 틀면서 하나의 침을 던진 후 손을 회수했다. 손바닥이 뜨끔했다. 손바닥에 벌써 작은 구멍 하나가 나 있었다. 암기를 던지는 것보다 자격이 더 빨랐다. 손을 회수하지 않았으면 손바닥에서부터 손목까지 구멍이 뚫릴 뻔했다.

진자강은 피해를 확인할 틈도 없이 몸을 돌려 나무 뒤로 숨었다.

파카칵!

천공검이 나무에 세 개의 구멍을 만들어 냈다. 진자강은 나무를 타고 올라가 거꾸로 서서 독분을 털어 냈다. 제갈손기가 오른손 소매로 독분을 휘저어 날려 버리려 했다.

진자강이 양손을 맞잡으며 길게 숨을 내뿜으면서 소용돌이를 최대로 회전시켜 작열쌍린장을 일으켰다.

파칫.

손바닥 사이에서 불꽃이 튀었다. 진자강이 손을 벌렸다가 힘껏 손뼉을 쳤다.

불꽃이 튀며 독분이 터지듯이 타올랐다.

펑!

타 버린 독분의 미세한 그을음이 제갈손기를 감쌌다. 제갈손기는 깜짝 놀라 눈을 감고 몸을 회전시키며 뒤로 물러났다.

"큭!"

급히 침을 모아 뱉었지만 콧속과 입술이 따끔거렸다.

제갈손기에게 틈을 주지 않기 위해 진자강이 공중제비를 돌아 내려오면서 암기를 던졌다. 비선십이지의 곡선이 미려하게 그려지면서 침이 제갈손기의 미간과 목젖, 복부를 노렸다.

제갈손기는 호흡을 중단한 상태로 발돋움을 해 암기를 피했다. 귀밑과 발바닥 밑으로 아슬아슬하게 침이 스쳐 갔다. 제갈손기는 천산귀백공을 뿌려서 진자강의 접근을 차단하고 독분의 범위에서 물러났다.

독분이 뿌려진 이상 깊은 호흡을 제대로 할 수 없다.

"지독한 놈, 같은 편이 있는데도 독을……!"

그런데 이미 진자강의 주변에는 아무도 없다. 그럴 줄 알았다는 듯이 이미 사파인들과 청성파의 도사들은 진자강에게서 멀찍이 떨어져 있다.

몸이 왜소한 복면 도사가 진자강에게 가까이 다가가지

못하게 적당한 거리에서 막고 있었다.

제갈손기는 이를 악물고 오른손을 펼쳤다.

"어디 이것도 피할 수 있나 보자!"

천산귀백공 천라(天羅)!

연속으로 천산귀백공을 세 번이나 펼쳐서 전면에 지풍과 장풍으로 그물을 만들어 냈다.

진자강은 제갈손기의 손가락과 장심의 방향을 확인했다. 언뜻 지풍을 오른쪽으로 피할 수 있는 공간이 있다. 하지만 그쪽으로 피하면 천공검 자격의 먹잇감이 된다.

제갈손기의 노림수를 깨달은 진자강은 일부러 왼발에 지풍을 맞으면서까지 왼쪽으로 피했다. 왼쪽 다리 허벅지가 네 가닥의 지풍에 맞아 살가죽이 터져서 피가 튀었다. 하지만 겉뿐이었다. 탁기로 가득한 소용돌이의 내공이 지력을 튕겨 내어 기혈의 피해는 막아 냈다.

제갈손기는 진자강이 당연히 오른쪽으로 피할 거라 생각하고 천공검을 찌르려다가 멈칫했다.

진자강은 자신보다 월등히 강한 상대와 계속해서 싸워 왔다. 승부를 낼 수 있는 한순간을 놓치지 않는다.

진자강은 엉덩이로 미끄러지듯이 몸을 날려 제갈손기의 축이 되는 발을 걷어찼다.

제갈손기는 몸을 허공으로 띄워서 나시 천산귀백공으로

지풍과 장풍을 쏘아 냈다. 진자강이 바닥을 박차고 뛰어서 제갈손기의 오른손을 금나수로 낚아챘다. 제갈손기가 손가락을 오므려서 천산귀백공을 포기하고 주먹을 쥐었다. 진자강이 주먹을 잡고 비틀자 제갈손기도 내공을 집중해 버렸다.

그러나 내공을 쓰면 쓸수록 왼팔이 뜨끔거렸다. 독이 발발한 것인지 왼팔을 운용하는 데 불편함이 생겼다. 하지만 오른손을 잡힌 상태에서는 어쩔 수 없었다. 제갈손기는 왼손의 천공검으로 진자강을 찔렀다. 하나 빛살처럼 나가야 할 천공검이 말도 안 되게 둔해졌다.

진자강은 제갈손기가 천공검을 뻗기도 전에 반대쪽 다리로 제갈손기의 왼쪽 어깨와 팔을 밀었다. 왼팔을 앞으로 끝까지 밀 수 없어서 천공검이 진자강에게 닿지 않았다. 진자강은 제갈손기의 오른손을 강하게 틀어쥐었다. 제갈손기가 힘을 주어 반항했다. 진자강은 포롱박으로 손가락의 힘을 극대화하여 제갈손기의 주먹을 단단히 잡았다.

우드득.

제갈손기의 주먹 뼈가 으스러지며 주먹이 뭉개졌다. 진자강은 이어 다리로 제갈손기의 오른팔과 어깨를 꼬듯이 휘감아 바닥에 떨어졌다.

우직!

땅에 떨어진 순간 체중이 실려 제갈손기의 오른손 손목과 팔꿈치, 어깨가 박살 났다. 제갈손기는 눈앞에 별이 번쩍일 정도로 통증을 느꼈지만 이를 악물고 비명을 참았다. 동시에 천공검을 온 힘을 다해 진자강의 옆구리에 틀어박았다.

그러나 그때에도 왼팔의 움직임은 둔하기 짝이 없었다. 제갈손기는 그제야 왼팔의 팔꿈치에 침이 박혀 있는 걸 볼 수 있었다.

제갈손기는 경악했다.

'언제!'

방심한 틈이라고는 독분을 태워서 잠깐 눈을 감았던 때밖에 없었다.

분명히 이후에 던진 침을 모두 피했는데?

'아!'

침을 다 피했다고 생각했지만, 그 전에 눈을 감았을 때에 이미 맞았을 수도 있다. 그것을 숨기기 위해 뒤늦게 침을 던진 척한 것이다.

제갈손기가 모르고 있다는 사실을 이용해 결정적인 순간에 낚아채기 위해서.

물론 진자강이 사용한 수법은 당가의 암기술인 섬절이었다.

진자강은 허리를 비틀어 제갈손기가 뻗은 천공검을 왼쪽 겨드랑이 사이에 끼우면서 오른손으로는 허리 뒤춤에 꽂아 넣은 낫을 뽑아 들었다. 뽑는 동시에 단월겸도의 수법으로 낫을 손에서 돌리면서 최단의 궤적으로 제갈손기의 왼팔 어깨를 찍었다.

퍽!

낫이 제갈손기의 어깨를 관통해서 바닥에까지 찍혔다.

"으아아악!"

제갈손기가 마침내 비명을 터뜨렸다. 진자강은 왼손으로 제갈손기의 왼손을 누르고 다리로 팔과 목을 감싸 제갈손기를 꼼짝못하게 결박했다. 그러곤 찍었던 낫을 들어 올렸다.

제갈손기는 진자강의 다리 사이에서 뻔히 머리를 드러낸 채로 낫을 맞이하게 되었다.

"내, 내가 겨우 이깟 들개 같은 놈에게……."

아직도 자신이 진 것이 믿어지지 않는 제갈손기의 눈빛이었다.

"나를 죽이려 하였으니 원망은 없길 바랍니다."

"죽어서도 원귀가 되어 너를 쫓겠다!"

그러나 그렇게 저주를 퍼붓는 것도 초라하다는 걸 깨달은 제갈손기였다.

진자강은 제갈손기의 머리를 옆으로 돌려 아래턱에서부터 거꾸로 낫을 찍었다.

"퀵!"

외마디 비명과 함께 낫의 날이 제갈손기의 턱을 통과해 정수리로 튀어나왔다.

진자강은 제갈손기의 목뼈를 비틀어 부숴서 죽은 것을 재차 확인하고는 일어섰다. 천공검에 찍힌 곳곳이 뻐근하게 아파 왔다. 지혈도 제대로 되지 않았다. 검 끝의 뾰족한 세모꼴 모양이 출혈을 유도하게 생긴 때문이다.

진자강은 숨을 가다듬으며 일어섰다.

제갈가의 무사들은 제갈손기가 진자강의 손에 죽은 것을 보고 크게 사기가 떨어졌다. 청성파 도사들이 있는 이상 그들만의 힘으로는 사파인들을 잡을 수 없었다. 다만 제갈가의 무사라는 자존심이 그들을 달아나지 못하게 붙들고 있을 뿐이었다.

한데 이 와중에 백리중까지 당한다면 그들의 목숨도 파리목숨이 되어 버리는 것이다. 백리중과 단령경, 복천 도장의 싸움이 그들의 목숨줄이나 마찬가지였다.

하나 가까이에 가서 도울 수도 없었다.

세 사람의 주변은 온통 피폐해져 있었다. 칼바람에 나뭇잎과 나뭇가지가 잘려서 날아다니며 밑동만 남은 나무도 수두룩했다. 아름드리나무들이 죄다 잘려서 벌목한 것처럼 넘어갔다.

백리중과 단령경, 복천 도장은 누가 봐도 치열하게 싸우고 있었다. 단령경은 생사를 도외시하고 공격 일변도로 백리중을 공격하고 있으며, 복천 도장은 지금의 싸움이 마지막인 것처럼 내공을 아끼지 않고 퍼붓고 있는 중이었다.

백리중은 여유로웠다. 전혀 밀리지 않았다.

"이런 실력으로 나를 죽이겠다고? 우습구나."

단령경이 소리쳤다.

"닥쳐!"

단령경은 도를 안으로 끌어당겼다가 도 자체를 회전시키면서 밀어냈다. 도기가 초승달 모양으로 뻗어가 백리중을 인중을 노렸다. 백리중은 천주인의 끝으로 둥근 원을 그려 단령경의 검기를 해소시키며 반대쪽 손으로는 복천 도장이 걷어찬 발등을 눌러 막았다.

이어 한 발을 들어 복천 도장의 오금을 걷어차면서 천주인을 아래로 찔러 복천 도장의 발등을 노렸다. 복천 도장이 뒤로 발을 빼면서 팔꿈치로 백리중의 관자놀이를 후려쳤다. 백리중이 팔뚝으로 복천 도장의 팔꿈치를 받아넘기며 옆으로 회전하면서 힘을 흘렸다. 동시에 거꾸로 등을 보인 채 복천 도장의 무릎을 밟고 올라가 뒷발로 복천 도장의 가습팍을 걷어찼다. 복천 도장이 양팔을 모아 후소퇴를 막았다.

퍼억!

복천 도장은 가슴을 막은 채로 일 장이나 밀려 나갔다. 공중에서 떨어지는 백리중을 향해 단령경이 달려들어 연거푸 발로 걷어찼다. 백리중이 뒤로 껑충 뛰면서 양발로 단령경의 발차기를 계속 막아 냈다. 단령경은 몇 걸음이나 앞으로 밀고 나가면서 백리중을 몰아붙였지만 백리중은 가뿐하게 착지해서 천주인을 수직으로 그었다. 단령경이 황급히 옆으로 몸을 틀었다. 단령경의 코앞을 수직으로 그은 검이 지나쳐 갔다.

쩌억!

삼 장에 가까운 공간이 수직으로 갈라져서 바닥에 깊은 검흔이 생겨났다. 단령경은 도기를 뿌리면서 물러섰다.

좀처럼 승기를 잡지 못하고 단령경이 씩씩거리자 백리중이 살기 어린 웃음을 지었다.

"분한가 보군."

한데 백리중의 눈빛이 살짝 변했다. 백리중의 시선이 단령경과 복천 도장을 넘어서서 그 뒤쪽을 향했다.

진자강도 돌연 느껴지는 다른 느낌의 살기에 고개를 돌렸다.

"찾았다!"

뾰족한 목소리.

묘월이 피 묻은 불살검을 들고 장내에 나타났다. 묘월의 눈이 진자강을 향해 고정되어 움직일 줄 몰랐다.

그리고 그 뒤에서 느긋한 표정의 망료가 나무 지팡이를 짚고 나타났다.

"여기 재밌는 일이 있다고 해서 구경 왔는데…… 어디 한 자리 낄 데 있나?"

〈다음 권에 계속〉

『제왕록』, 『무림에 가다』 시리즈의 작가 박정수
그가 거침없는 현대 판타지로 돌아왔다!

『신화의 전장』

주먹을 믿지 마라.
우리가 살아가는 이 땅에 인간을 벗어난 자들이 존재한다.

dream
books
드림북스

전생자
『죽지 않는 무림지존』『천지를 먹다』『마검왕』
베스트셀러 작가 나민채의 신작!
[시간 역행을 하시겠습니까?]
[모든 능력이 리셋 됩니다.]
[날짜를 선택 하여 주십시오.]
"1985년 2월 28일. 내가 태어났던 날로."
dream books
드림북스

사도연 판타지 장편소설

ORIGINAL FANTASY STORY & ADVENTURE

『용을 삼킨 검』, 『신세기전』 사도연 작가의 신작!

『두 번 사는 랭커』

여러 차원과 우주가 교차하는 세계에 놓인 태양신의 탑, 오벨리스크.
그리고 그곳에 오르다 배신당해 눈을 감아야 했던 동생.
모든 걸 알게 된 연우는 동생이 남겨 둔 일기와 함께
탑을 오르기 시작한다.

dream books
드림북스

정령왕 엘퀴네스

개정판

이환 판타지 장편소설

『숲의 종족 클로네』, 『은빛마계왕』의 작가,
이환 대표작 『정령왕 엘퀴네스』 완전 개정판!

어설픈 정령왕의 좌충우돌 모험기를 다시 만난다!

컬러 일러스트 · 네 칸 만화 · 캐릭터 프로필 & QnA
매권 미공개 외전 수록!

★
dream
books
드림북스